LES FRÈRES DELGAYROUX

DU MÊME AUTEUR

Aux Presses de la Cité

Romans

L'Escadron (prix Claude Farrère)
La Dernière Rafale
Le Sang des colons (Grand prix littéraire de Madagascar), *épuisé*
Les Chiens jaunes, *épuisé*
Adieu capitaine
Quand la Légion écrivait sa légende
Un sombre été à Chaluzac (Prix littéraire de la Gendarmerie)
L'Enigme de Ravejouls

Documents

La Grande Aventure du 1er REC
Spahis (prix Raymond Poincaré), *épuisé*
La Jeunesse et la Résistance. Réseau Orion
Bataillon Bigeard à Tu Lê
L'Opération Daguet (en collaboration avec Erwan Bergot)
La Légion en Indochine, album, *épuisé*
La Légion en Algérie, album, *épuisé*

A la Librairie Académique Perrin

Salan (biographie)

Alain Gandy

LES FRÈRES DELGAYROUX

Roman

Production Jeannine Balland
Romans Terres de France

PRESSES DE LA CITÉ

ISBN 2-258-04907-5

«Ne faites pas l'aumône au pauvre sous l'escalier. Il est timide et gras, il a des mains qui tremblent, la peau trop douce et la barbe mal faite. Méfiez-vous de cet hydrocéphale sournois. Vous le nourrissez ? Il vous mangera ! »

Alexandre VIALATTE
(*Les Fruits du Congo*)

PREMIÈRE PARTIE

1

Claire Combes soupesa l'enveloppe avant de se décider à la tendre à son mari.

— Je ne sais pas pourquoi tes gendarmes t'ont transmis cette lettre ici, dit-elle aigrement. Je croyais que tu étais en permission.

Elle affectait un manque d'intérêt si mal joué que Joseph sourit de contentement. Elle n'avait pas osé relever que l'enveloppe était zébrée de la mention « Personnel », mais manifestement ce petit mot la tarabustait. Allons ! Sa femme était encore jalouse après plus de sept ans de mariage ! L'œil plissé de malice, il prit la lettre sans paraître y prêter attention et la posa sur un guéridon, à côté d'une ruine de voiture de pompiers, qui avait été rutilante une semaine plus tôt, pour le septième anniversaire de leur fils.

— Robert pourrait ranger ses jouets, observa-t-il en offrant à Claire un visage lisse et souriant.

Elle le scruta sans pouvoir déguiser sa satisfaction. Les quinze jours de permission qu'il venait de prendre avaient rendu sa bonne humeur habituelle à son adjudant de mari. Elle avait veillé à le tenir éloigné des affaires de la brigade ; le chef Vialatte, son adjoint, avait réussi à les gérer sans venir une seule fois demander conseil. Joseph avait accepté de jouer les bourgeois oisifs ; il avait fait honneur à sa cuisine mitonnée sans se plaindre à tout bout de champ de sa vieille amibiase ; il avait surtout consacré le plus clair de ses journées à de harassantes parties de pêche, accompagné de son fils. Après avoir parcouru avec son père, que ses souvenirs des campagnes d'Indochine confortaient dans ses prétentions de fin technicien, toutes les berges des ruisseaux des environs, Robert demandait grâce, sans doute déçu par la maigreur de leurs résultats. Quant à Clairette, dite Thi-Ba, qui voulait toujours et partout suivre son père et son frère, elle s'était en deux semaines affirmée comme un indestructible petit démon à frange noire, couverte de bosses et d'écorchures.

— Tu gâtes trop les enfants, dit Claire sérieusement.

Elle comprenait que Joseph ne recherchait tant d'activités physiques que parce que son travail à la brigade lui manquait ; elle lui était reconnaissante, sans l'avouer, qu'il eût résisté à son envie certaine de donner signe de vie à ses gendarmes. Elle s'assit sur l'accoudoir du fauteuil où il prenait ses aises, et joua de la séduction.

— Tu dois te remettre en uniforme lundi prochain. Dans trois jours. Essaie de te reposer vraiment, d'ici là. Reste à la maison !

De la main, il flatta la hanche ronde de sa femme et plaisanta :

— Ma chère femme souhaite donc que je garde la chambre pour son usage personnel ? Aimable conception du repos...

Elle se releva d'un bond, faussement fâchée, et reprit la lettre sur le guéridon.

— Tu pourrais commencer par lire ton courrier, grinça-t-elle.

Joseph soupira. Résigné comme toujours à céder aux désirs de Claire. Il lui retira des doigts l'enveloppe de papier beige, d'allure administrative. Elle était froissée, comme si elle avait voyagé au fond d'un sac ou d'une poche de veston. Pas de timbre, ni de flamme d'oblitération. Une plume appliquée mais maladroite avait tracé l'adresse, dans le quart inférieur droit : « Monsieur Joseph Combes, aux bons soins de la Gendarmerie nationale de Villefranche-de-Rouergue ».

Dans le coin supérieur gauche, en lettres capitales soulignées, la mention « Personnel » attirait l'œil.

Intrigué, monsieur Joseph Combes hocha la tête.

— Voilà, dit-il, un homme de bonne éducation qui n'a pas de papier à lettres personnel, qui écrit de la main gauche et qui m'a fait porter ce pli par un messager peu soigneux au lieu de le poster. C'est bizarre.

— Tu en saurais tout autant si tu ouvrais cette fichue enveloppe, s'impatienta Claire, penchée sur son épaule.

— Oui, mais laisse-moi m'entraîner un peu, sourit le Sherlock Holmes de Villefranche. Vois-tu, la place de l'adresse est conforme aux usages. Un béotien peu lettré l'aurait écrite beaucoup plus près du bord supérieur. Les lettres sont penchées artificiellement, comme par une main gauche de droitier. Manifestement masculine.

— Mais ouvre donc !

— C'est peut-être une lettre anonyme, rêva Combes.

Il déduisait bien, mais supposait mal. L'enveloppe enfin ouverte ne contenait qu'un simple feuillet de papier blanc rayé, page arrachée à un cahier d'écolier. La même main malhabile ou soucieuse du secret avait tracé quelques lignes :

« Mon cher Combes,

« Je pense que vous vous souvenez de moi. Venez me voir à Saint-Rémy de toute urgence. Il y va de ma vie.

Arnaud Delgayroux »

« Il y va de ma vie » était souligné de trois traits presque fermes, qui mordaient sur la signature sans paraphe, écrite avec autant de difficulté que le texte.

— Connais-tu ce Delgayroux ? demanda Claire.

Dans le petit salon tranquille, la brève missive avait d'un coup fait naître une ambiance de drame.

— Je crois que je l'ai connu en Indochine, réfléchit Joseph. Il devait être capitaine, à ce moment-là, dans la Coloniale si je me souviens bien. Bien plus tard, il a été très grièvement blessé en Algérie, et réformé. J'ai vu passer à la brigade le papier réglementaire annonçant qu'il se retirait à Saint-Rémy, dans la propriété de sa famille.

— Il t'adresse un véritable appel au secours, non ? hésita Claire, qui commençait à comprendre que la paisible vie de son permissionnaire était terminée.

Toujours prête à suivre ses impulsions, elle s'énervait de l'immobilité de son mari, qui relisait encore le billet en hochant la tête, et ne semblait pas vouloir entreprendre son travail de secouriste.

— Je ne comprends pas pourquoi c'est moi qu'il veut rencontrer, dit-il enfin. Ils vivent en tribu à Saint-Rémy. L'aîné des Delgayroux, notaire, y habite avec sa femme ; le benjamin aussi, bien qu'il ait son cabinet de médecin à Villeneuve. Quant à mon retraité, je crois qu'il est accompagné par un de ses anciens ordonnances. Il me semble qu'il aurait pu trouver de l'aide chez ses proches sans faire appel à moi.

— Tu remarqueras, plaida Claire, qu'il s'est adressé à « monsieur » Joseph Combes à titre personnel, et pas à l'adjudant Combes, chef de la brigade de Villefranche.

Joseph considéra sa femme avec amusement. Il connaissait trop son envie de se mêler à ses enquêtes pour douter qu'elle eût déjà projeté de mettre son grain de sel dans le déroulement de l'affaire Delgayroux.

— En somme, conclut-il, tu m'encourages à essayer de régler cette histoire avant la fin de ma permission ?

— Parfaitement, admit-elle d'un air résolu. Les enfants sont dégoûtés de tes séances de pêche. Nous pourrions aller pique-niquer tous les quatre à Saint-Rémy aujourd'hui et profiter du beau temps. Nous trouverons bien une heure dans l'après-midi pour aller rendre visite à ton vieux capitaine.

Comme si la chose était réglée, elle commença à s'affairer à la préparation des victuailles qu'elle entassa dans un panier. Par la porte ouverte, Joseph l'entendit chantonner joyeusement dans sa cuisine.

— Ne te monte pas la tête, dit-il à voix haute. Peut-être ce brave homme veut-il que je l'aide à régulariser sa situation militaire. Ces retraités qui vivent dans une thébaïde sont toujours en retard d'un questionnaire à remplir ou d'une démarche auprès de l'administration. Peut-être aussi éprouve-t-il le besoin de parler de ses campagnes avec quelqu'un qui le comprenne. Tu seras déçue !

Les prophéties de l'adjudant étaient décidément mal inspirées. Cette expédition familiale à Saint-Rémy allait donner le branle à une sombre machination, qui eût sans doute avorté s'il avait choisi d'ignorer la lettre d'Arnaud Delgayroux.

2

La route nationale 122, qui part de Villefranche-de-Rouergue en direction du Cantal, via Figeac, s'élève de plus de cent mètres sur les douze premiers kilomètres qui mènent à Villeneuve-d'Aveyron. Passé le carrefour de Farrou, la nationale sinue sur le versant d'une colline boisée, dont les chênes bas et tordus, nappés de ronciers, assombrissent le talus à main droite. A gauche, une murette vaguement entretenue par les Ponts et Chaussées sépare le goudron d'une prairie grasse, qui plonge d'une trentaine de mètres vers le cours d'un ruisseau buissonneux, parallèle à la route. Au-delà, vers l'ouest, le paysage se referme par une longue pente semée de bois, où se perdent quelques chemins de campagne, poussiéreux et peu fréquentés.

C'est dans ce fond, sitôt passé le ruisseau sur un vénérable pont de pierre, que se blottit le village de Saint-Rémy. Vu d'en haut, enchâssé dans l'écran de grands arbres policés, rouvres, platanes et cèdres, il ne montre que quelques couvertures de lauzes grises, autour d'une petite pièce d'eau qui miroite au soleil. Les seules constructions bien visibles, dégagées de la verdure, sont le clocher trapu d'une église et, marquant l'angle formé par deux hauts murs de maçonnerie aveugles, la tour carrée d'un pigeonnier, couverte d'un toit d'ardoise à quadruples pans.

En ce mois de mai 1964, l'église était le fief du curé Espadaillac, homme d'âge dont l'étendue de sa paroisse usait le tempérament, peut-être trop porté sur les nourritures terrestres.

Le pigeonnier et ses murs bordaient, côté route, le domaine de la famille Delgayroux, baptisé « La Giberne ».

Il y avait cent cinquante ans qu'un Modeste Delgayroux, officier des armées de Napoléon rallié aux Bourbons, avait acheté le pigeonnier et la maison de maître proche. Marié à une fille du cru, il avait cultivé dans sa retraite apolitique les souvenirs de ses contremarches à travers l'Europe, mêlés au remords d'être un renégat. Amer et prudent, il avait veillé à ce que son fils unique ne choisît pas le métier des armes.

Depuis, obéissant au désir de l'aïeul, cinq générations de Delgayroux avaient prospéré sans quitter leur coin de terre rouergate. Tout en arrondissant leurs biens par d'honorables alliances, tabellions de père en fils, ils étaient devenus des notables incontestés. L'étude respectable de la famille trônait en plein centre de Villeneuve, au rez-de-chaussée d'un hôtel seigneurial du XVIe siècle, devenu lui aussi un bien du clan.

L'actuel maître du nom, Justin Delgayroux, né quelques années après le siècle, ne s'était jamais résolu à venir vivre à Villeneuve, dans les appartements pourtant confortables des étages, au-dessus de l'étude ; il les louait à deux ménages de retraités de l'enseignement, qui n'avaient pas voulu quitter la province de leur dernière affectation. Comme son arrière-grand-père avant lui, il continuait à habiter à Saint-Rémy, dans la maison achetée par Modeste, le guerrier de l'Empire. Elle avait été considérablement agrandie, redessinée, aménagée. Protégée par ses murs et le pigeonnier des vues de la nationale, elle offrait à l'ouest une façade, vitrée à la moderne, ouverte sur la pièce d'eau aux reflets moirés coupés de nénuphars que les villageois appelaient simplement la « mare ». Les Delgayroux l'avaient baptisée l'« étang ». Ce vocable leur paraissait plus conforme à leur statut social. Madame Alice, la mère de Justin, octogénaire sèche et peu causante, dont le caractère assombrissait l'âge mûr de ses fils, était fort entichée de cette supériorité qu'elle croyait établie ; en plus de soixante ans de présence à Saint-Rémy, elle n'avait jamais daigné faire visite aux fermiers du village, les Maillac, les Calcayras, les Sudre, les Doucisse ou les Pistoulet. Seul Albert Pistoulet trouvait assez grâce à ses yeux pour qu'elle lui adressât quelques phrases tièdes quand il venait faucher les foins du parc ou bêcher les plates-bandes entourant ce que la vieille dame nommait avec simplicité le « château ».

— *Macarel, es un biel camel*[1], disait Jules Maillac, qui était le plus révolutionnaire du lot.

Il le ronchonnait sur le passage d'Alice, mais en patois, sachant qu'elle ne comprendrait pas. Tous les autres pensaient la même chose.

D'Isabelle Delgayroux, la femme de Justin, ils disaient seulement qu'elle était « fière », mais avec un soupçon d'admiration pour cette belle femme de quarante ans, fille d'un hobereau lotois. Elle s'accommodait fort bien de sa vie provinciale, ignorant sa belle-mère et régnant sur son mari, son domaine et son hameau.

Régulièrement, elle s'offrait chaque année trois voyages d'une semaine loin de ses terres. En novembre elle allait à Paris où elle descendait chez une cousine

1. « Diable ! C'est un vieux chameau ! »

mariée à un commissaire-priseur, qui la menait au théâtre et lui faisait découvrir les restaurants et les commerces à la mode. En mars et en juin, elle choisissait Toulouse, où les méchantes langues du terroir la soupçonnaient d'avoir un galant.

Elle rentrait de ses escapades la tête pleine de projets d'amélioration du confort de la maison. Il fallait ensuite plusieurs semaines pour convaincre son vieux mari de la nécessité, puis de l'urgence de ces transformations.

— Voyons, Justin, disait-elle, vous n'allez pas refuser de faire changer la chaudière du chauffage central ! Cette vieille baraque est glaciale. A votre âge vous y attraperez la mort !

— Ma chère, objectait Justin, qui détestait la dépense et qu'on lui rappelât son âge, nous avons des cheminées dans toutes les pièces, autant de bois qu'on peut y brûler, qui ne nous coûte rien. Je me porte comme un charme, et les affaires marchent trop mal en ce moment pour envisager tant de frais.

Leur ton restait dans les limites d'une bonne éducation à l'ancienne, mais ces joutes verbales, dont Isabelle sortait généralement gagnante, animaient au moins leur repas du soir, qu'ils appelaient « le souper » par habitude campagnarde. Les deux époux s'y retrouvaient imparablement à sept heures et demie, une heure après que Justin fut rentré de sa journée à l'étude au volant de sa 203 Peugeot. Le rite était immuable ; sitôt sa voiture garée sous le hangar *ad hoc*, le notaire retrouvait, dans le vestibule dallé et fleuri, la femme qu'il avait quittée à neuf heures du matin, toujours souriante et toujours tirée à quatre épingles. Ils échangeaient un baiser sans passion.

— Nous soupons dans une heure, annonçait-elle, pendant qu'il montait à l'étage faire toilette.

Quand ils s'asseyaient à table face à face, ils étaient assurés de la présence de madame Mère, qui eût bien voulu leur couper l'appétit en jouant la statue du Commandeur, inspectant l'argenterie, grimaçant sur un potage trop salé ou une viande trop cuite, soupirant comme une martyre en tâtant d'un doigt tavelé un morceau de pain jugé trop rassis pour ses vieilles mâchoires. Dame Alice ne parlait, avec une amertume contenue, que pour soutenir son fils aîné quand il tentait d'enrayer les projets domestiques de sa femme...

Ce soir-là, comme Justin venait de gémir sur le marasme de ses affaires, elle voulut sermonner sa bru :

— Ma chère enfant, dit-elle, vous ne saurez jamais vous tenir à votre place. C'est au maître de maison de décider de ces choses-là. Moi, je me suis contentée d'élever mes trois garçons ; je ne me serais jamais permis de déranger leur père avec des idées de luxe ou de cocotte. Une chaudière neuve ! Je vous demande un peu !

Isabelle la mesurée ne tourna pas les yeux vers la vieille dame. Elle craignait qu'on ne pût y lire une envie de meurtre.

— Je sais, mère, dit-elle avec acidité, que vous avez eu trois enfants, et que je suis apparemment stérile. Il est peu charitable de me le rappeler. Quant à ce qu'une épouse doit faire, ne me donnez pas de leçons, voulez-vous, et ne parlons pas de cocottes. Nous pourrions faire revenir beau-papa qui en a beaucoup entretenu à Toulouse, si j'en crois les on-dit. C'était de votre temps. Il est révolu. Aujourd'hui c'est le mien. Moi, je préfère que mon mari dépense notre argent à améliorer notre maison qu'à entretenir des maîtresses !

— Voyons ! tenta de s'interposer Justin, peu habitué à ces éclats.

Sa tentative se noya dans un silence horrifié. Maîtrisant avec peine le tremblement de ses mains sur la nappe blanche, Isabelle se força à se resservir de tarte aux prunes. Elle tenait à prouver qu'elle restait maîtresse du terrain.

Alice avait involontairement lâché sa fourchette sous la rudesse de l'attaque. Elle attendit quelques secondes, espérant peut-être une réaction autoritaire de son fils ; quand il fut évident qu'il n'interviendrait pas, elle ouvrit la bouche deux ou trois fois comme un poisson tiré de l'eau et s'abattit sur la table, sans souci de la vaisselle, donnant du front dans son assiette à dessert, faisant voler son verre d'eau du poing. Sans doute cette scène d'évanouissement, qu'elle avait mise au point voilà plus d'un trimestre et jouée à cinq ou six reprises, n'était-elle plus assez convaincante. Elle entendit parfaitement Justin faire mine de se lever en murmurant un « mon Dieu, mère ! » lassé, puis la voix précise d'Isabelle, qui lui parut triomphante :

— Ne bougez pas, Justin. Vous savez bien qu'elle fait semblant de tomber en syncope pour dramatiser la situation. Elle va se redresser fraîche comme l'œil.

Une voix forte, qui n'arrivait pas à simuler l'inquiétude, leur fit tourner la tête vers la porte voûtée de la salle à manger. Bernard Delgayroux, quinze ans de moins que Justin, ne lui ressemblait guère. Plus grand d'une tête, épaules larges, ventre plat et cheveux gris en tignasse, le médecin de la famille se distrayait beaucoup à observer les accrochages trop fréquents entre son frère, qu'il méprisait un peu pour sa faiblesse et son esprit retors, sa belle-sœur dont il craignait la séduction naturelle, et sa mère si désespérément horripilante.

— Pardonnez mon retard, dit-il par habitude. Vous avez bien fait de ne pas m'attendre. Un malade à voir à Cénac.

C'était une formule usuelle, qu'il resservait cinq jours sur sept pour se soustraire à l'ennui de ces dîners de famille à quatre, que son tempérament de célibataire ne supportait plus. Habiter à Saint-Rémy était pratique, Justin et Isabelle s'occupant de la marche du domaine et du fonctionnement des services. Mais lui-même était libre de s'évader tôt le matin pour aller recevoir ses patients à son cabinet de Villeneuve ; il rentrait tard, après avoir sillonné les chemins de canton au volant de sa Simca.

Vexée qu'il ne fît pas mine de s'occuper d'elle, Alice se redressa lentement et s'appuya au dossier de sa chaise haute, garnie de velours.

— Bernard, mon petit, dit-elle d'une voix mourante, je ne me sens pas bien. Ces agressions permanentes me détruisent. Je voudrais que tu me donnes un de tes cachets...

Bernard jeta à sa mère un regard dépourvu d'affection. Depuis son adolescence il connaissait son égoïsme et son sens de la mise en scène. Il se contenta d'un ricanement peu aimable :

— Si vous êtes fatiguée, mère, montez donc vous coucher au plus vite. Isabelle se fera une joie de vous aider à gagner votre chambre. Je passerai vous dire bonsoir tout à l'heure.

Aucune des deux femmes, bizarrement, n'osa contrevenir aux ordres de la Faculté. Alice jouant l'alanguie au bras de sa bru qu'elle avait envie de pincer au sang, Isabelle faussement attentive au pas de sa belle-mère qu'elle eût préféré jeter dans l'escalier, elles gravirent les marches lentement, en se ménageant des pauses, mais sans se retourner une seule fois vers les deux frères qui les regardaient, du pas de la porte de la salle à manger. Quand elles eurent disparu dans l'ombre du premier étage, ils échangèrent un coup d'œil appréciatif, fermèrent la porte sur leur problème provisoirement résolu, et revinrent à la table du souper.

Sans même s'asseoir, Bernard se coupa une solide tranche de tarte et mordit dedans.

De sa place, les avant-bras lourdement appuyés à la nappe, cravaté de sombre, le cou gras débordant du col et les joues épaisses plaquées d'un début de couperose, les sourcils proéminents encore bruns alors que la couronne de cheveux qui habillait le crâne rose était d'un blanc de neige, Justin contemplait son frère avec affection, et un soupçon d'admiration. Il se disait que c'était grâce à la présence de Bernard qu'il supportait sa vie morne et réglée. Combien de fois, ces dernières années, avait-il tremblé à l'idée que le benjamin de la famille demanderait sa part d'héritage et s'en irait se marier au diable vauvert ? Parfois, il s'avouait qu'il accepterait sans rébellion de lui céder Isabelle, si c'était la seule façon de le retenir à Saint-Rémy. Heureusement, Bernard paraissait satisfait de l'organisation de leurs existences — comme s'il avait le don d'amener la paix autour de lui.

Il se servit un fond de verre de gaillac.

— Je ne sais pas comment tu arrives si facilement à les museler, dit-il en souriant.

Bernard lui jeta un coup d'œil rapide :

— La journée a été dure, je suppose ?

— Pas jusqu'à ce soir, non. Mais Isabelle m'a téléphoné cet après-midi à l'étude à propos d'une visite étrange. Un gendarme de Villefranche, en civil, accompagné de sa femme et de ses gosses, est venu demander à rencontrer Arnaud.

— Pourquoi pas ? C'est peut-être un de ses subordonnés d'outre-mer devenu gendarme…

— Même pas. Au dire d'Isabelle, ce garçon a reçu une lettre d'appel au secours écrite de la main d'Arnaud. Et le plus bizarre, c'est qu'ils ont trouvé porte et volets clos au pavillon de l'étang quand elle les a accompagnés jusque là-bas.

— Peut-être Arnaud était-il en promenade avec son Canaque ? Je passerai demain matin pour me faire expliquer ce que notre aimable frère a encore trouvé à inventer.

Justin vida machinalement son verre et hocha la tête en silence quelques secondes.

— Je ne l'ai pas vu depuis plus d'un mois, constata-t-il pensivement. Il ne tient ni à mes visites ni à celles d'Isabelle, et a promis de faire un malheur si mère allait forcer sa porte. Toi, tu es toubib, il te reçoit une fois par semaine ; te semble-t-il en bon état ?

Bernard marqua un sursaut, comme s'il venait de mordre sur un noyau de prune.

— Pas à dire ! Tu emploies des formules adaptées à la situation ! Arnaud me semble en aussi bon état que possible pour un homme de quarante-huit ans dont vingt de campagnes militaires, qui a été vilainement travaillé au coupe-coupe et auquel il manque un œil, son meilleur bras et ses testicules. Il est certain qu'en tenant compte de la balle qu'il avait dans l'estomac et de celle qui lui avait bousillé un genou, c'est un miracle qu'il ait été récupéré.

— Enfin, si l'armée l'a laissé quitter l'hôpital, c'est qu'il est capable de vivre normalement ?

— Non, cracha Bernard, subitement excédé de l'incompréhension manifestée par son aîné. Non ! Notre frère a reçu un tel choc moral, pendant que les fellaghas le découpaient, que son cerveau est encore dérangé et le restera probablement jusqu'à sa mort. Si les militaires nous l'ont rendu, c'est qu'il s'est montré totalement insupportable à l'hôpital des Invalides, où il aurait dû passer le reste de sa vie. Et n'oublie pas que le Canaque nous a été imposé comme infirmier accompagnateur permanent. Nous avons encore de la chance qu'Arnaud soit capable de se déplacer, mais ne lui demande pas de faire le joli cœur.

Depuis six mois que leur frère mutilé était revenu à Saint-Rémy, le médecin et le notaire se heurtaient, chaque fois qu'ils en parlaient tous les deux. Que Justin ait cru régler le problème de l'isolement volontaire d'Arnaud en faisant aménager très confortablement les quatres pièces de plain-pied du pavillon du bord de l'étang, abandonné depuis près d'un siècle, ne satisfaisait pas Bernard. Il admettait que l'interdiction de visite venait de leur éclopé, mais il aurait souhaité plus d'insistance affectueuse de la famille, qui semblait satisfaite de cette situation imposée.

Hargneux, il bourra de tabac noir une pipe de bois usée tirée de sa poche, se servit à son tour un plein verre de gaillac, qu'il avala d'un trait comme pour faire passer sa tirade, fit trois pas pour venir taper sur l'épaule de Justin et repartit vers la porte du vestibule.

— Avant de partir à Villeneuve, je passerai au pavillon, promit-il ; je voudrais savoir ce que signifie cet appel à un étranger.

— Je t'en prie, acquiesça son frère toujours attablé. Et, si tu le peux, attends le gendarme pour l'emmener voir Arnaud. Il a promis de revenir demain matin à huit heures. Bonne nuit.

3

Kamouni Kakou n'avait pas été choisi par hasard par le Service de santé des armées quand il avait fallu détacher un infirmier auprès du chef de bataillon Delgayroux, en réforme définitive au fin fond de l'Aveyron. Déjà, aux Invalides, pendant les deux ans qu'y avait passé le supplicié des fellaghas, il s'était montré un des rares membres du personnel soignant que supportât ce client à scandales. Enclin à la plaisanterie, assez pour faire sourire le plus aigre des patients, il était, jusqu'à présent, d'une honnêteté dont personne n'avait jamais douté. Il ajoutait à ces qualités indispensables une musculature noueuse propre à faire réfléchir aussi bien le malade prêt à s'abandonner à une crise de violence qu'un tiers malintentionné à l'égard de son protégé.

L'accompagnement proprement technique du cas Delgayroux se résumait à moins de dix piqûres hebdomadaires. En somme, le travail du sergent Kakou était celui d'un homme de compagnie. Presque une sinécure, si l'on omettait de préciser qu'il s'agissait d'une compagnie de tous les instants. Installé dans la chambre contiguë à celle du commandant, veillant à sa toilette, barbier approximatif, cuisinier de leur tambouille de célibataires, Arnaud refusant les repas venus de la Grande Maison, chauffeur occasionnel de la Citroën deux-chevaux que s'était achetée, dès son arrivée à Saint-Rémy, l'expulsé des Invalides, Kakou n'avait aucun temps libre planifié.

Arrivé en métropole depuis une dizaine d'années de sa Nouvelle-Calédonie natale, il s'était assez facilement intégré au mode de vie des personnels hospitaliers militaires. A Paris, personne n'avait paru remarquer sa différence. Ses chefs et ses camarades appréciaient son caractère et ses facultés d'adaptation.

Manifestement, il n'en était pas de même dans l'Aveyron. Son malade ayant exigé qu'il portât une tenue civile, rien n'indiquait plus son appartenance à l'armée française. Les commerçants de Villefranche et de Villeneuve, chez lesquels il allait faire les courses du commandant, alimentation, boissons, tabac, livres ou journaux, hésitaient entre deux traitements, qui lui déplaisaient autant l'un que l'autre.

— Ou bien ils me prennent pour une brute, à cause de ma peau noire et de mes cheveux crépus, et ils se gèlent comme si j'allais les mettre à la marmite. Ou ils pensent que je suis un sauvage arriéré que vous avez ramené de vos campagnes comme esclave. Ils lisent ma liste de commissions à ma place comme si j'étais analphabète, ils cherchent à me rouler sur les additions, et sont tout prêts à me ristourner une pièce de monnaie pour que j'achète une pâtisserie.

La première fois que son compagnon lui avait raconté, avec de grands roulements d'yeux et une mine féroce, ses contacts avec les « indigènes », ainsi qu'il les appelait, Arnaud avait beaucoup ri, comme il ne l'avait pas fait depuis l'Algérie.

— Tu verras, avait-il pronostiqué, qu'ils finiront par t'accepter. Les femmes d'abord ; tu es beau garçon. Que tu leur fasses un peu peur les attirera davantage. Commence donc par la fille du jardinier, la petite Juliette Pistoulet. Elle est jolie et n'a pas l'air aussi idiote que les autres.

Cette conversation datait de quatre mois. Le commandant n'avait plus jamais abordé le sujet des relations de Kakou avec l'extérieur, ni ne s'était enquis d'éventuels travaux d'approche auprès d'une beauté locale.

Leur existence en symbiose avait peu à peu fait grandir leur estime mutuelle. Au rejet que manifestaient les gens de l'extérieur devant le Canaque, correspondait l'isolement dans lequel la famille Delgayroux laissait son mutilé. L'honnêteté eût été de reconnaître que c'était Arnaud lui-même qui refusait tout rapprochement avec les siens. Il acceptait difficilement les visites de Bernard sous l'alibi médical, mais jamais il ne laissait dériver les brèves conversations avec son cadet jusque dans la cordialité ou l'évocation de leurs souvenirs.

Quant à Justin, il était sa bête noire. Lorsqu'ils s'étaient retrouvés, le soir de son arrivée à Saint-Rémy, le revenant avait carrément agressé le chef de famille, qui venait, sur le pas de la porte du pavillon refait à neuf, de lui en remettre les clefs.

— Ne compte pas t'en tirer en me laissant la jouissance de cette baraque, avait-il dit. J'espère te rencontrer le moins possible. Je n'oublie pas que tu m'as volé les revenus de notre patrimoine après m'avoir volé Isabelle. Souviens-toi qu'elle était ma fiancée quand la guerre a éclaté. Aujourd'hui, recommande-lui, ainsi qu'à notre chère mère, de ne pas venir traîner autour de moi. Elles seraient mal reçues. Si j'ai besoin de quelque chose, j'enverrai Kakou le demander. Ne mégotez pas, ma pension me permet de vivre comme il faut.

Des mois passés depuis cette algarade l'infirmier avait tiré une certitude : la famille Delgayroux n'était pas une « bonne » famille ; il en était intimement persuadé, lui, le descendant d'une ethnie où la famille et le clan conditionnaient tous les aspects de l'existence. Sans chercher à connaître les raisons profondes des griefs du commandant, il avait fidèlement épousé toutes ses haines. Au cours de leurs longues promenades dans la campagne, à pied dans les bois, ou en deux-chevaux sur les routes au-delà de Villeneuve, il avait écouté religieusement toutes les vaticinations du malheureux. Arnaud tirait des plans de vengeance, que son esprit dérangé peignait des dorures de la victoire. Kakou approuvait, et réclamait sa part d'action. N'était-il pas chargé d'être, partout et toujours, au service de son malade ?

Ainsi, deux jours auparavant, avait-il apporté à la gendarmerie de Villefranche la première lettre que lui avait confiée son patient. Maintenant, si les prévisions étaient justes, il allait avoir une visite.

Pour l'attendre, dans cette claire matinée de mai, il était assis devant le pavillon, sur le banc de pierre qui faisait face à la mare. Dans la poche de son blouson de drap, la deuxième lettre à remettre en main propre au gendarme crissait doucement. Les branches du saule, qui n'étaient pas encore feuillues, ne cachaient rien de l'eau miroitant au soleil que sillonnait une tribu de canards. De ce terre-plein de tranquillité, on ne voyait pas un moellon de la Grande Maison, qui devait s'éveiller à cent mètres de là, de l'autre côté d'un rideau dense de thuyas vert sombre. L'herbe était tondue comme une pelouse, sur laquelle les murs chaulés donnaient au pavillon des airs de *faré* du Pacifique, auxquels Kakou était sensible. Paisiblement, il se remémorait ses instructions quand il entendit chantonner sur le sentier au bord de l'eau.

C'était Juliette Pistoulet, la jeune personne que le commandant lui avait désignée comme possible conquête. Il n'avait encore pas commencé cette bataille, bien que Juliette, qui venait régulièrement tous les matins apporter un litre de lait tiré de frais, se montrât nettement moins effarouchée qu'aux premiers temps.

— Bonjour, dit-elle sans baisser les yeux. C'est le lait.

La conversation allait rarement plus loin. Cette fois, peut-être parce que le Canaque avait l'air moins farouche que d'habitude, et qu'il lui frôlait la main en saisissant l'anse du pot, elle se planta devant le saule et constata :

— Vous verrez qu'il va faire une chaleur de four. Monsieur Arnaud n'est pas encore levé, pour profiter de ce beau temps ?

Son bidon de lait à bout de bras, Kakou la regarda de biais, avec la mine d'un garçon qui hésite à avouer une sottise.

— Je ne sais pas, dit-il enfin. Je ne l'ai pas vu depuis hier matin.

Juliette parut stupéfaite.

— Pas possible ! Je croyais qu'il n'avait pas le droit de sortir seul ! Il n'a pas dit où il voulait aller ? Vous auriez dû l'accompagner.

Le Canaque leva à hauteur d'épaule une main nonchalante, qui pouvait signifier que la fille se faisait une idée fausse de la situation. Il écoutait le bruit de moteur d'une voiture qui venait de s'arrêter derrière les arbres dans la cour du « château ». Le bruit cessa, puis une portière claqua, sans précautions. En regardant cette fois franchement la jeune Juliette, il remarqua qu'elle avait perdu son sourire et qu'elle fronçait les sourcils comme si elle avait des doutes sur sa façon de traiter ses patients.

— Voyez-vous, dit-il, monsieur Arnaud est bien un invalide de guerre, mais il est autonome. Ce qui veut dire qu'il peut se déplacer seul. Je ne suis là que pour l'aider quand il a besoin de moi, ou pour lui donner les soins prescrits par la Faculté. Quand il veut être sans compagnie, il me le dit, et c'est tout.

Juliette ne parut qu'à demi convaincue.

— Vous ne vous inquiétez pas ?

— Si, affirma-t-il, je m'inquiète. J'attends que le frère du commandant, le docteur, parte à sa consultation pour le prévenir.

— Eh bien, dit-elle avec hostilité, vous n'aurez pas à attendre davantage. Voilà monsieur Bernard.

Kakou se retourna. Passés par la petite barrière grillagée entre les thuyas et le mur du pigeonnier, deux hommes s'avançaient vers le pavillon. Ils formaient un duo un peu comique, le grand docteur dégingandé en veste de tweed à l'air ennuyé et un petit homme en képi et uniforme de gendarme qui souriait au beau temps. Le Canaque se précipita au-devant d'eux et se bloqua devant le gendarme, comme incertain de l'attitude à prendre. Il se mit finalement au garde-à-vous, faillit saluer avant de se souvenir qu'il était en civil et se présenta :

— Sergent-infirmier Kamouni Kakou, détaché de l'hôpital des Invalides. Mon adjudant, j'ai le regret de vous rendre compte que le commandant Delgayroux a disparu depuis vingt-quatre heures.

4

L'adjudant Combes avait été, au cours de sa promenade familiale à La Giberne, légèrement vexé de la condescendance avec laquelle il avait été reçu par madame Delgayroux. Il n'aimait pas qu'on l'eût traité comme un gêneur qui sollicitait une entrevue, alors qu'il croyait avoir été appelé comme un ami. Il n'avait pas apprécié non plus le ton sur lequel la maîtresse de maison avait répondu quand il avait souligné l'expression tragique employée par l'auteur de la lettre.

— Oh ! avait souri la belle Isabelle avec un geste lénifiant de la main, il ne faut pas donner de l'importance à ce que raconte mon cher beau-frère. Il est un peu dérangé, vous savez, depuis ses malheurs en Algérie !

Dérangé ou pas, Combes avait tout de même trouvé anormal que personne de la Grande Maison ne parût se soucier de l'absence non prévue de leur invalide. Mais la belle-sœur, là aussi, avait montré un désintérêt certain.

— Mon brave monsieur, si vous connaissiez le commandant, vous sauriez qu'il n'admet pas de demander à qui que ce soit la permission de faire ce qui lui plaît.

Ce « brave monsieur » lui était resté sur le cœur, et, quand il avait promis de revenir à la charge, il avait sous-entendu qu'il n'accepterait plus d'être considéré comme quantité négligeable. Aussi, ce matin, bien qu'encore permissionnaire, avait-il revêtu son uniforme, tout frais sorti du « Pressing moderne », astiqué ses boutons et ses cuirs, et coiffé son meilleur képi. Barrette de décorations au vent, il se sentait cette fois de taille à s'imposer. Peut-être était-il arrivé à Saint-Rémy de trop bonne heure. Madame Delgayroux n'était pas encore levée et il avait dû se contenter d'impressionner son beau-frère le médecin. Celui-ci, qui s'était présenté simplement et s'était aimablement proposé pour accompagner l'adjudant jusqu'au pavillon d'Arnaud, avait désarmé la hargne de Combes.

Le garde-à-vous maladroit de ce grand diable noir qui roulait des yeux inquiets et la nouvelle qu'il assénait tout à trac réveillèrent d'un seul coup sa mauvaise humeur.

La réflexion faite par Claire la veille au soir, à leur retour du pique-nique, lui parut traduire une évidence aveuglante. Les proches du commandant voulaient l'empêcher de communiquer avec des étrangers à la famille. Pourquoi ? Qu'avaient-ils tous à cacher ? L'appel au secours qui parlait de risque pour la vie du réformé était-il à ce point justifié ? Un instant, pendant qu'il s'efforçait de se calmer, Combes brida son imagination, qui lui proposait déjà des explications tragiques. Accident ? Meurtre ? Où était le cadavre ?

Il ferma les yeux, respira profondément pour évacuer les images qu'évoquaient ces supputations. Il sortit de sa poche l'enveloppe contenant la lettre d'Arnaud Delgayroux et la tendit sans mot dire à l'infirmier, qui n'avait pas l'air soulagé d'avoir délivré son message.

— J'ai vu cette lettre, dit Kakou. C'est moi qui l'ai apportée à la gendarmerie, sur l'ordre du commandant. Avant-hier matin.

Déjà, sans que l'adjudant tentât de l'en empêcher, le docteur avait arraché le papier des mains du Canaque, et le lisait en secouant la tête. Il tourna vers l'adjudant des yeux pleins d'étonnement.

— Je n'y comprends rien, dit-il. Je mentirais en prétendant que mon frère va aussi bien que possible. On ne subit pas ce qui lui a été infligé sans choc émotionnel. Les traces psychiques sont évidentes chez lui. Et son fichu caractère ne s'est pas arrangé. Mais j'ai du mal à le croire atteint de manie de la persécution.

— Pourtant, c'est bien lui qui a écrit « Il y va de ma vie », dit Combes avec une froideur menaçante. Il s'est certainement passé quelque chose qui l'a inquiété au point de m'envoyer ce message.

— Il ne m'en a rien dit quand je suis venu le voir, il y a cinq jours, affirma Bernard.

Il continua, comme pour expliquer l'importance de ce délai :

— Il a lui-même exigé que je ne vienne le visiter qu'une fois par semaine. J'ai préféré lui obéir, en espérant qu'il redeviendrait plus sociable avec le temps. Pour le moment, je veille à ce que le physique tienne le coup ; l'infirmier assure le travail quotidien, massages, piqûres, promenades, alimentation.

A nouveau silencieux, l'adjudant récupéra soigneusement la lettre et la remit dans sa poche. Après tout, c'était une pièce importante, qui pourrait justifier l'ouverture d'une enquête. Jusque-là, il n'avait aucun droit légal de poser des questions indiscrètes, mais il se dit que les trois personnes qu'il avait sous les yeux en cet instant n'étaient pas assez familiarisées avec les procédures pour s'en rendre compte. Elles s'attendaient à être interrogées.

Instinctivement, il décida de garder pour la bonne bouche le face-à-face avec l'infirmier. Il était, de loin, le plus proche du disparu, le plus documenté sur son caractère, ses angoisses, ses envies. Et, sauf si la famille Delgayroux l'avait déjà circonvenu, le mieux placé pour connaître et expliquer les raisons profondes de l'évidente brouille entre Arnaud et ses frères.

Combes en était là de ses projets quand le frère médecin reprit la parole. Bernard Delgayroux était surpris par l'apparente passivité du gendarme; son apparence physique le faisait espérer plus nerveux.

— Si vous permettez, mon adjudant, s'impatienta-t-il, je vais aller jusqu'à la maison pour annoncer à mon frère et à ma belle-sœur la disparition d'Arnaud.

— Etes-vous certain qu'ils l'ignorent? demanda Combes.

L'autre eut l'air totalement démonté par cette attaque directe, comme s'il ne comprenait pas. Puis, en quelques secondes, il prit conscience du sens de la question. Il fronça les sourcils.

— Je trouve votre réflexion de mauvais goût, jeta-t-il de haut.

Il avait l'œil si chargé de colère que le gendarme fut persuadé que seul son uniforme le sauvait d'une expulsion musclée. C'était une explosion révélatrice. Il toussota benoîtement.

— La routine de la maréchaussée nous pousse parfois aux élucubrations les plus délirantes, dit-il. Allez donc, docteur. Et s'il vous plaît, demandez à votre frère ainsi qu'à sa femme de retarder leur départ pour Villeneuve, s'ils avaient l'intention de s'y rendre. Je voudrais leur parler auparavant, disons dans une demi-heure.

Il ajouta, au moment où le médecin tournait rageusement les talons :

— Ne téléphonez pas à droite et à gauche. Il est inutile d'ébruiter cette histoire pour le moment. Peut-être trouverons-nous une explication tout à fait naturelle.

Surtout, il voulait éviter que le notaire ne cherchât à parler au procureur d'une affaire dont le magistrat ignorait l'existence.

Satisfait d'avoir placé une première banderille, il regarda d'un air aimable le Canaque, qui semblait maintenant plus détendu, et la jeune fille attentive, à dix mètres de là, sous les branches du saule. Son début de sourire s'effaça. Depuis quatre ans, il ne pouvait plus regarder une jeune et jolie fille au bord de l'eau sans revoir celle qu'il avait trouvée sur une berge de l'Alzou, étranglée, battue et violée, auprès du mas de Ravejouls[1]. Celle d'aujourd'hui, du moins, était bien vivante ; son regard vif traduisait la curiosité avec laquelle elle avait suivi le spectacle que lui avaient donné les trois hommes.

Elle rougit légèrement quand le gendarme fit quelques pas vers elle et la salua gravement.

— Bonjour mademoiselle, dit-il. Me direz-vous quel est exactement votre rôle dans cette histoire ? Qui êtes-vous ?

Elle fit une drôle de petite révérence, comme on apprenait autrefois à le faire aux enfants qu'on présentait à un notable. Encore la vertu de l'uniforme, songea Combes. Elle répondit pourtant sans timidité, d'une voix claire qui révélait qu'elle était une jeune personne délurée, et avait fréquenté l'école avec profit.

— Je m'appelle Juliette Pistoulet, monsieur. Mon

1. Du même auteur : *L'Enigme de Ravejouls,* aux Presses de la Cité.

père est le jardinier de La Giberne et nous habitons là-bas, dans le village. J'apporte le lait tous les matins à monsieur Arnaud.

— Le rencontrez-vous souvent, quand vous venez le matin ?

— Presque tous les jours, répondit-elle très vite. C'est pour ça que j'ai été étonnée de pas le trouver là aujourd'hui.

— L'avez-vous vu hier matin ?

— Bien sûr. Il m'a même causé, de sa drôle de voix qui grince depuis que les Arabes ont essayé de lui couper le cou. Il était comme d'habitude, avant d'aller faire sa promenade, plutôt souriant malgré ses malheurs.

— A-t-il dit quelque chose de particulier ? Comme s'il voulait vous avertir que c'était une journée pas comme les autres ?

Juliette pesa la question, parut désolée de devoir répondre que non. Monsieur Arnaud avait seulement dit : « Merci Juliette, tu diras à ta mère que son lait est très bon. »

— Eh bien, conclut Combes, ce sera tout pour le moment. Vous pouvez rentrer chez vous, mademoiselle. Ne racontez pas au village ce que vous avez entendu ici ce matin.

Il se rendait parfaitement compte que c'était là un vœu pieux. Il savait d'expérience que les habitants des huit ou dix maisons du hameau étaient depuis longtemps au courant de tout ce qui se passait à La Giberne. Il était également certain qu'essayer de les faire parler serait une perte de temps. Pas un d'entre eux ne voudrait admettre s'être intéressé aux affaires des gens du « château ». Côte à côte avec l'infirmier, ils regardèrent la gracieuse porteuse de lait suivre le sentier de la berge en direction des thuyas. Elle devait être parfaitement consciente de leur surveillance ; avant de disparaître derrière les arbres elle leur adressa, sans se retourner, un aimable au revoir, de sa main levée. Les deux hommes soupirèrent ensemble.

— Bon ! décida l'adjudant. Maintenant, sergent, vous allez m'ouvrir la porte de votre pavillon, m'offrir un café au lait bien chaud, et me vider votre sac.

Combes ne s'était pas trompé. Kamouni Kakou avait beaucoup de choses à raconter. Sur les habitudes prises par son patient depuis son retour au pays, sur ses relations ambiguës avec les membres de sa famille ; et aussi sur ses projets et sur ses craintes.

— Depuis deux ans qu'il était soigné aux Invalides, avait-il commencé, le commandant avait retrouvé à peu près complètement l'usage de ses jambes. Assez en tout cas pour marcher plusieurs kilomètres comme il le faisait tous les matins, parfois seul, parfois avec moi. Il n'aimait pas beaucoup rencontrer quelqu'un d'autre ; il craignait de susciter de la pitié, à cause de sa voix déformée, de son orbite vide et de son bras manquant. Mais s'il ne pouvait l'éviter, il ne se dérobait pas, et échangeait bravement quelques mots avec les gens du pays.

D'après le Canaque, les visites régulières du docteur Bernard étaient pratiquement inutiles, médicalement parlant. Elles étaient toujours brèves, et se déroulaient la plupart du temps en présence de l'infirmier. Celui-ci en avait retiré l'impression qu'elles étaient prétexte, pour le commandant, à se renseigner sans en avoir l'air sur la vie que menaient les habitants de la Grande Maison, sur l'humeur du notaire, sur celle de sa femme. Les deux frères ne parlaient jamais de la vieille dame ; Kakou ne l'avait rencontrée que deux ou trois fois depuis six mois. Il la traitait de chameau aussi allègrement que les gens du cru ; sans doute avait-il été ulcéré du dégoût qu'elle affichait à chacune de ces rencontres.

— Et puis, dit-il, voilà à peu près deux mois, le commandant a commencé à changer d'humeur. Pas à cause de menaces sur sa vie, comme vous le croyez. Au contraire, il paraissait plus gai, parlait de l'avenir, qu'il n'avait jamais évoqué auparavant. J'en étais presque malade. Comment quelqu'un d'aussi diminué que lui pouvait-il espérer autre chose que finir son existence paisiblement chez lui ? Je me suis posé de nombreuses questions avant de trouver ce qui l'avait transformé.

Pendant quelques jours, j'ai cru qu'il avait viré bigot ; il s'est arrêté plusieurs fois chez le curé pendant la promenade, en me disant que je pouvais le laisser seul. Ensuite je me suis demandé s'il n'était pas en train d'organiser un grand voyage. Physiquement, je vous l'ai dit, il en était capable. Je lui ai dit que si c'était ce qu'il projetait il devait m'en avertir, précisant que je ne l'en empêcherais pas et qu'au contraire je tenais à l'accompagner. Il m'a ri au nez.

En racontant cette conversation tenue un mois plus tôt, un soir, dans le salon douillet de leur pavillon, où il était assis aujourd'hui devant le gendarme, la voix du Canaque était encore pleine d'incompréhension. Repris par l'étonnement et l'émotion qui l'avaient alors saisi, il en perdait sa façon policée de s'exprimer, et retrouvait son accent d'origine, à la fois liquide et guttural. Il avait rapidement expliqué à Combes, au début de son récit, les raisons de la rancœur vouée par le commandant à son frère aîné le notaire ; avant de tripoter les comptes de l'indivision, il lui avait volé sa fiancée, en 1939, au moment de la guerre. Il avait dit aussi comment depuis vingt ans cette rancœur s'était changée en haine, à l'égard du frère indélicat comme de la fiancée infidèle. Et voilà, avait avoué Arnaud, qu'il avait, par hasard, revu la toujours belle Isabelle, qu'ils avaient parlé, échangé des souvenirs tendres. Au fil des jours, ils s'étaient promenés comme des amoureux, alors que Justin le méchant était parti à son étude et que le sergent Kakou vaquait aux tâches ménagères.

— Vois-tu, Kamouni, avait ri le commandant, mon cœur fonctionne encore très bien !

L'infirmier avait une vue plus terre à terre de l'amour. Il avait pensé, sans oser le dire (mais il le dit très crûment au gendarme), que le cœur ne pourrait jamais remplacer pour son patient ce que les fellaghas lui avaient arraché. Du moins, après sa stupéfaction, avait-il été heureux du bonheur que son protégé semblait tirer de la situation.

La longue histoire du Canaque avait fort intéressé Combes.

— Ma foi, dit-il, il n'y a pas jusqu'ici de raison de disparaître, à moins que madame Delgayroux n'ait décidé de disparaître aussi.

— Ce n'est pas fini, objecta Kakou. Au début de la semaine, le commandant est revenu très sombre de sa sortie du matin. Il s'est enfermé dans sa chambre pendant des heures sans même vouloir déjeuner. Le soir, il m'a annoncé que le notaire avait appris sa nouvelle romance, et qu'il avait menacé sa femme de « régler le problème Arnaud définitivement ». Ce sont ses propres termes. Le lendemain, il n'a pas voulu sortir et s'est appliqué toute la matinée à écrire deux lettres, qu'il m'a confiées. Je suis allé porter la première chez vous. La deuxième, il m'avait demandé de vous la remettre en main propre s'il lui arrivait malheur. Je crois bien que c'est le cas. Voilà la lettre.

Il sortit de sa poche une enveloppe, toute semblable à celle qui la veille avait éveillé la curiosité du ménage Combes, et la tendit à l'adjudant. Celui-ci remarqua que, malgré le débit raisonnablement agité du narrateur, les doigts sombres ne tremblaient pas. Ce sergent d'une autre race avait véritablement été un homme de confiance pour son malheureux compagnon.

— Pourquoi, demanda le gendarme, ne l'avez-vous pas accompagné hier matin ? Vous saviez pourtant qu'il risquait de tomber sur plus fort que lui.

Le Canaque hocha la tête.

— C'est vrai, mon adjudant. Mais il me l'a interdit. Il a seulement accepté de me dire qu'il allait à l'église où il avait rendez-vous. Sans préciser avec qui.

Combes regarda pensivement l'enveloppe fermée que lui avait donnée l'infirmier. Elle ne paraissait guère plus lourde que celle de la veille. Il hésita à l'ouvrir sur-le-champ. Peut-être y trouverait-il matière à de nouvelles questions, auxquelles Kakou pourrait apporter des réponses ? Mais soudain, l'atmosphère confinée de ce salon sombre, conçu et meublé pour un infirme, lui sembla étouffante. Peut-être était-il inconsciemment gêné par la facilité avec laquelle le seul compagnon d'Arnaud Delgayroux avait détaillé devant lui les épreuves, les habitudes, les espoirs et les peines d'un malheureux qui n'avait plus rien à attendre de la vie. Il y avait quelque chose d'indécent dans cet étalage, que le Canaque avait fait avec un bagou un peu trop familier. Brusquement, l'adjudant se releva, gagna la porte, la lettre toujours à la main.

— Je la lirai un peu plus tard, crut-il nécessaire de dire au sergent, dont les yeux s'étonnaient. Bien sûr, vous ne quittez pas Saint-Rémy. Tenez-moi au courant si vous avez du nouveau.

Dehors, le ciel était toujours bleu. Un petit vent descendait des bois de l'ouest et ridait de vaguelettes la surface de l'étang.

5

Lou curat dès très païs, « le curé des trois paroisses » comme l'avaient depuis des années baptisé ses ouailles de Saint-Rémy, de Cénac et des Rinhaudettes, aurait tout autant mérité d'être appelé « le curé de nulle part ». La soixantaine colorée, le poil peu entretenu, la soutane verdie par l'usure, et raccourcie à mi-mollet pour permettre l'usage de la bicyclette, le curé Espadaillac, fâché avec la planification des messes, baptêmes ou cérémonies, était rarement dans l'église où « l'espéraient » ses fidèles. Il officiait devant la nef vide de la chapelle de Cénac quand une famille endimanchée l'attendait avec son dernier-né autour des fonts baptismaux des Rinhaudettes. Il s'éreintait avec impatience à apprendre le catéchisme à trois marmots de Saint-Rémy, à l'heure où il devait célébrer un mariage à Cénac. Il demandait humblement pardon au Seigneur de ses défaillances de mémoire, offrait aux fidèles déçus la promesse de trois dimanches de vêpres « hors tour », dont il oubliait au moins les dernières, et se punissait — quand il y pensait — de quelques repas de jeûne.

Au demeurant, homme de culture qui soutenait la conversation avec les châtelains de Cénac ou les Delgayroux, quand il était prié de dîner à leur table, environ une fois par trimestre, il était fort estimé aussi dans les maisons plus modestes de son territoire. D'abord facile, patoisant comme un paysan du cru, il était né à Laguêpie, il connaissait les heurs, malheurs et secrets de trois générations de fidèles. Il manifestait à tous charité, pardon des offenses et soutien, quand il pouvait être matériellement utile.

Depuis de longues semaines, il était troublé par ce qu'il croyait savoir et par ce qu'il ignorait de la crise qu'avait fait naître chez les habitants de La Giberne le retour du frère puîné. Ni le notaire, qui affichait des opinions radicales et évitait toute conversation personnelle avec un prêtre, ni madame Isabelle, qui venait volontiers fleurir l'église et participait aux bonnes œuvres, n'avaient jugé bon d'entretenir leur curé des dissentiments au sein de la famille Delgayroux. Mais madame Alice, qu'Espadaillac appelait à part lui « la Douairière », l'avait sommé de mettre le holà aux intentions sûrement malveillantes de son fils Arnaud.

— Ecoutez, l'abbé, voilà vingt-cinq ans que ce gredin n'a pas daigné remettre les pieds ici, préférant batailler avec ses sauvages. Subitement, parce qu'il a reçu quelques mauvais coups, il s'impose avec un moricaud du diable, insulte Justin qui s'est mis en grands frais pour le loger commodément, et me fait menacer, moi sa mère, de me jeter dehors si je vais le voir ! Rencontrez-le donc et raisonnez-le. Dites-lui que son frère pourrait tout aussi bien le renvoyer à son hospice, puisqu'il a depuis vingt ans renoncé à être chez lui à Saint-Rémy.

Tourmenté, le brave curé avait fini, après un trimestre d'occasions ratées, par surprendre enfin le coupable au cours d'une de ses promenades matinales au bord de la mare. De prime abord, il avait évidemment remarqué les traces de ce que la vieille dame appelait « quelques mauvais coups ». Il en avait été horrifié, et s'était convaincu — ce qu'il savait déjà — que la Douairière manquait de charité chrétienne.

Au fil des semaines, le solitaire avait accepté quelques conversations, puis avait confié sa rancœur. Le récit de son grave différend avec son frère aîné avait arraché le malheureux confident à ses certitudes concernant à la fois l'honorabilité du tabellion et le sens moral de madame Isabelle. Au point qu'il avait osé s'en ouvrir à celle-ci, un jour où elle était venue à l'église pour lui proposer d'acheter à Toulouse un microphone qui rendrait les sermons plus audibles.

— Madame, avait-il dit, sans chercher pour une fois à adoucir les galets qui roulaient dans sa voix, il y a plus important que votre instrument, que je ne peux d'ailleurs pas me payer. Je me fais beaucoup de souci pour un de mes paroissiens. Vous devinez qu'il s'agit de votre beau-frère, le commandant. Il s'est un peu confié à moi. Son retour au pays de sa jeunesse a ravivé les blessures morales qu'il y a subies voilà vingt ans. Je m'inquiète.

Isabelle Delgayroux avait paru plus soulagée que froissée par le sans-gêne d'Espadaillac. Elle avait posé une main apaisante sur la manche de la vieille soutane.

— Ne vous rongez pas les sangs, monsieur le curé, avait-elle répondu avec un sourire. J'assaierai de rencontrer Arnaud et de m'expliquer avec lui. Tout ira bien.

Depuis cette conversation, *lou curat* avait retrouvé la paix de sa conscience. D'autant que l'église de Saint-Rémy avait reçu un beau jour la visite d'un électricien mandé par madame Delgayroux pour poser en haut de la chaire un micro et les fils adéquats. D'autant surtout qu'il avait croisé le commandant, qui l'avait salué de la main sans s'arrêter, et qui lui avait paru presque gai en lui disant « merci » de sa voix de fantôme.

Le mois de mai allait se terminer bientôt. A la douzaine de femmes rassemblées dans la nef rustique, murs blanchis à la chaux ornés des bas-reliefs sulpiciens d'un chemin de croix, le curé Espadaillac rappelait que le mois de Marie devait être marqué par un regain d'assiduité aux offices.

— Et je ne le constate pas, ce regain, s'emportait-il. Je voudrais...

Il s'arrêta tout net. Devant lui, au-delà du petit groupe de ses paroissiennes et du bataillon de chaises paillées vides, le porche, dont les vantaux de bois vermoulus avaient été laissés ouverts pour lutter contre l'humidité de l'édifice, béait sur deux marches de pierre et sur le parvis de terre battue. Au milieu de cette lumière, un gendarme était debout en haut des marches; il regardait vers l'intérieur de l'église. Il fit quelques pas, descendit dans la nef, retira son képi, se signa, très révérencieusement. Puis il sourit, inclina aimablement la tête, et fixa le prêtre sans dire un mot.

Un instant surpris, le curé réalisa que ce visiteur inattendu voulait lui parler. Le père Espadaillac n'était pas homme à s'émouvoir qu'un représentant de la loi voulût l'entretenir. D'un grand geste de bras, comme une fermière chasse sa volaille, il renvoya la maigre cohorte des enfants de Marie.

— Allez, mes filles, et rappelez-vous que vous devez amener vos familles aux offices. Dieu et la Vierge comptent sur vous.

Les femmes étaient curieuses, certes, mais n'avaient pas l'habitude de contrevenir aux ordres de leur pasteur. Elles ne traînèrent pas beaucoup en génuflexions et signes de croix avant de quitter l'église. Quelques secondes encore on les entendit échanger quelques mots à voix criarde avant de s'éparpiller vers les fermes.

— Pouvons-nous parler ici de choses sérieuses ? demanda le gendarme.

— Il n'y a que Lui pour nous entendre, répondit Espadaillac avec componction en montrant le grand crucifix accroché derrière l'autel.

— Il doit sûrement savoir où et comment a disparu monsieur Arnaud Delgayroux. Personne ne l'a vu depuis hier matin, dit calmement l'adjudant Combes. Je pense que vous pourriez m'aider à trouver des réponses à bien des questions que je me pose, monsieur le curé.

Monsieur le curé avait déjà passé la barrière du chœur, et s'était subitement assis sur une chaise du premier rang, assommé par la brutalité de la nouvelle.

Il fut encore beaucoup plus bouleversé lorsque le gendarme lui eut résumé une partie de son entretien avec le sergent canaque.

— C'est donc ça ! balbutia-t-il, en apprenant que les fiancés de l'an quarante avaient retrouvé leur tendresse d'autrefois.

— Quelque chose vous aurait-il confirmé ce renouveau ?

« Renouveau » était un grand mot, admit le prêtre, mais il était vrai que madame Isabelle avait paru envisager sans déplaisir de rencontrer le commandant, et que celui-ci l'avait remercié, comme s'il avait appris qui avait alerté sa belle-sœur sur son chagrin.

Quand il entendit les prémices du dernier acte, les menaces du notaire annonçant qu'il réglerait le cas Arnaud définitivement, il n'eut pas besoin d'une longue réflexion pour sauter à la conclusion. Il laissa tomber sa tête entre ses mains. Combes eut pitié de lui.

— Allons, monsieur le curé, nous ne savons rien de plus. Il faut encore espérer. Et vous pouvez vous rassurer. Vous n'êtes pour rien dans cette histoire. Dites-moi seulement si vous saviez que le disparu avait rendez-vous hier matin dans votre église.

Espadaillac répéta la phrase, comme si la question l'ahurissait :

— Un rendez-vous ? Ici ? Hier matin ? J'étais à Cénac, où j'ai mon presbytère ! Comment aurait-il pu avoir rendez-vous ici ? Et avec qui ?

— Ce n'est pas très difficile à deviner, avança l'adjudant. Encore fallait-il que votre église soit ouverte. Combien y a-t-il de clefs ?

Le curé répondit en comptant sur ses doigts, qui tremblaient.

— Une qui ne me quitte pas. Une autre qui sert à Marie Sudre, pour qu'elle puisse venir faire le ménage de temps en temps. Et la troisième...

Butant sur l'évidence, il ouvrit des yeux stupéfaits et regarda le gendarme. Ses joues épaisses et mal rasées étaient devenues toutes pâles quand il termina sa phrase :

— C'est madame Isabelle qui garde la troisième clef, parce qu'elle vient mettre des fleurs quand elle en a envie.

Les deux hommes restèrent silencieux une longue minute, luttant contre leur imagination. Le prêtre fut le premier à reprendre ses esprits.

— Croyez-vous que tout ça va faire avancer sérieusement votre enquête ? demanda-t-il à voix presque basse.

Combes s'extirpa du roman qu'il était en train de construire et éclata de rire, ce qui n'était ni le lieu ni le moment.

— A dire vrai, monsieur le curé, l'enquête officielle n'a même pas encore commencé. Il est grand temps que j'aille demander au procureur d'en ouvrir une.

Il se leva de sa chaise inconfortable, hésita à serrer la main du père Espadaillac, sortit après un dernier regard de commisération au brave homme, qui croyait avoir été le mauvais génie de deux de ses paroissiens.

6

« Je sais que vous ne voudrez pas croire qu'un frère aîné puisse projeter de supprimer son cadet pour d'aussi mauvaises raisons. Sauf si ces raisons ont été mûries pendant plus de vingt ans. Elles sont toujours présentes dans l'élaboration des crimes de sang. L'argent et l'amour ! En 1939, quand je suis parti pour le front, alors qu'il était affecté spécial à la sous-préfecture, mon frère Justin m'a fait signer une procuration, lui donnant tous pouvoirs pour régler en mon absence les problèmes matériels éventuels concernant notre domaine de La Giberne. Lorsque après mon évasion d'Allemagne en 1941 je me suis retrouvé à Saint-Rémy, ça a été pour apprendre que Justin avait épousé un an plus tôt ma fiancée, Isabelle de Fadoul. J'ai naturellement manifesté assez violemment mon mécontentement, ce dont il a profité pour me signifier que je pouvais aller me faire pendre ailleurs. La signature extorquée deux ans plus tôt lui permettait, m'affirma-t-il alors, de légaliser mon renoncement à ma part d'héritage. J'étais militaire de carrière, la guerre n'était pas terminée ; je suis parti vers l'Espagne et l'Afrique, après une scène atroce au cours de laquelle nous avons échangé, devant notre mère visiblement tout acquise à sa cause, de définitives promesses de vengeance. La brièveté de mon passage à La Giberne ne m'avait pas permis de demander en privé à Isabelle les raisons de son reniement... »

Le silence retomba dans le bureau de monsieur Lespart. Devant l'adjudant Combes, assis sur un dur fauteuil en pitchpin, c'était la deuxième fois que le procureur lisait à voix haute ce deuxième feuillet, extrait de l'enveloppe remise au gendarme par le sergent Kakou. Monsieur Lespart était un homme pondéré, jouissant d'une réputation de magistrat discret, pointilleux, prudent au cours des périodes d'investigation et tenace quand l'accusation croyait tenir son coupable.

Il hocha la tête au-dessus de la feuille de papier, couverte de l'écriture maladroite du gaucher, leva les yeux vers Combes. Son visage étroit, au nez bulbeux de buveur de vin, trahissait autant de doute que de gêne.

— Enfin, mon cher Combes, cette lettre n'est qu'un tissu d'élucubrations. Vous m'avez dit vous-même que le personnage a la cervelle un peu dérangée. Pourquoi irions-nous soupçonner un homme, honorablement connu dans l'arrondissement, de je ne sais quel délit, à la seule réception d'une telle dénonciation !

— Monsieur le Procureur, insista Combes, avec toute la diplomatie dont il se sentait capable, je me permets de rappeler que mon écervelé a disparu. Si cette disparition n'est pas volontaire, il pourrait s'agir non d'un délit, mais d'un crime. Je pense que vous avez lu également la suite de la lettre ?

— Bien sûr, s'agaça Lespart.

— Relisez-la donc, s'entêta l'adjudant. Notre disparu y raconte quelques petits événements dont j'ai pu discrètement contrôler la véracité.

Le procureur soupira, saisit le troisième feuillet de

la lettre. Sa mine disait nettement qu'il n'obéissait au gendarme que pour montrer sa bonne foi, mais qu'il était peu probable qu'il changeât d'avis.

« Les années ont passé, avait écrit Arnaud Delgayroux. Vingt ans exactement. Je n'avais rien oublié, mais j'avais résolu de mener ma vie loin de Saint-Rémy. Nous autres soldats, nous avons eu l'occasion de bourlinguer et de transpirer un peu partout outre-mer. Quand je pensais à mes malheurs familiaux, je me disais que c'était là une période de mon existence à effacer. Et puis... il m'est arrivé en Algérie ce que vous savez. J'ai eu beaucoup de chance qu'une opération d'un commando de mon secteur m'arrache aux fells qui m'avaient fait prisonnier deux jours plus tôt. Ils s'étaient un peu amusés avec moi, de sorte que j'ai failli en crever. Bref, après l'hôpital, Maillot puis le Val-de-Grâce, j'ai été classé grand invalide et dirigé sur l'institution de même nom. Passons sur les détails. Quand il est apparu que j'étais devenu indésirable, pour cause d'indiscipline chronique, le commandement a jugé que je pourrais finalement revenir dans ma maison natale. Questionné par courrier officiel, ce cher Justin a accepté de m'héberger. Il ne pouvait décemment pas faire moins. A Paris, je me suis renseigné auprès de plusieurs hommes de loi. La procuration que j'ai signée en 1939 ne valait que pour des opérations de gestion ; en aucun cas pour un transfert de propriété. De sorte que je suis toujours chez moi à La Giberne. J'y ai pris mes quartiers, discrètement. Et j'ai enfin pu rencontrer Isabelle, avec laquelle nous nous sommes longuement expliqués. Elle m'a tout dit des pressions morales qu'elle a subies et de la vie que lui font Justin et ma mère. Je sais que je ne pourrai plus jamais être un homme auprès d'une femme, mais celle-là a fait renaître dans ma tête des projets d'avenir, dont elle fait partie. Je lui ai fait part des précisions juridiques que j'avais obtenues et de ma décision d'attaquer Justin devant les tribunaux, pour escroquerie et captation d'héritage. Idéal pour un notaire ! »

Cette fois, le procureur ne s'arrêta pas au bas de la page. Du geste naturel de l'habitué des dossiers, il attrapa sur son bureau la feuille suivante et se remit à lire.

« Isabelle a-t-elle été indiscrète ? Quelqu'un nous a-t-il entendus quand nous parlions dans cette église ouverte à tous vents ? En tout cas, Justin sait maintenant que je suis décidé à lui reprendre Isabelle et ma part d'héritage. Il a fait à sa femme une scène terrible en menaçant de m'éliminer ! C'est pourquoi, mon cher Combes, j'ai choisi de vous appeler au secours, en souvenir de notre fraternité d'armes en Indochine. Si mon dévoué sergent Kakou vous remet cette lettre, c'est que sans doute le pire me sera arrivé. Au point où j'en suis, je n'ai plus qu'une seule demande à vous faire : faites ouvrir une enquête sur mon « élimination » et démolissez le coupable. Je sais que c'est mon ordure de frère Justin. Merci d'avance. Arnaud Delgayroux. »

Monsieur Lespart resta muet quelques secondes, comme si l'évocation d'un probable drame familial commençait à l'émouvoir.

— Evidemment, dit-il, cet animal est assez convaincant. C'est vrai qu'il se passe parfois des horreurs au sein des meilleures familles sans qu'on en sache quelque chose.

Combes attendait, faussement patient. Sans un mot.

— Ne m'avez-vous pas affirmé que vous aviez vérifié certains faits ? reprit le procureur.

— Des détails seulement, monsieur, par exemple la concordance entre ce que raconte cette lettre et les observations du sergent-infirmier, habitué, je le précise, aux réactions de son commandant. Comme aussi les regrets du curé Espadaillac, qui craint d'avoir été l'organisateur des retrouvailles entre les anciens fiancés. Je ne pouvais guère creuser davantage. Je n'étais à Saint-Rémy qu'à titre privé.

Lespart parut comprendre la restriction.

— En somme, dit-il en retenant un sourire, vous me suggérez d'ouvrir un dossier Delgayroux et de vous confier l'enquête. Je suis assez ébranlé pour vous donner le feu vert. Mais démarrez sur la pointe des pieds. Je ne tiens pas à recevoir des coups de téléphone de protestation des huiles du département, alors que je n'ai pratiquement rien de concret à leur opposer. Modérez votre imagination et assurez vos arrières, mon vieux.

L'adjudant était déjà debout. Il n'osait pas se réjouir ouvertement de cette première victoire. Mais la vivacité de son œil et de son allure disait assez son contentement d'être officiellement chargé de la chasse. En le regardant saluer et sortir de son bureau, le procureur se sentit lui-même excité. Combes le faisait penser à un chien lancé sur la trace, tenace et heureux de vivre. Le gendarme, que la taille complexait tant, n'eût pas apprécié. Lespart le comparait à un basset.

Claire avait exigé que son mari n'oubliât pas qu'il devait à sa famille un dernier jour de permission.

— Très bien, accepta-t-il, je passerai cette journée de dimanche avec toi et les enfants. Mais en échange je vais inviter ce soir l'ami Vialatte à boire un verre ici. Je veux le mettre au courant des tenants et des aboutissants de l'affaire qui va nous occuper dès lundi matin. Il pourra déjà poser quelques questions par téléphone à l'administration militaire. Ça gagnera du temps.

Adjoint de Combes à la brigade de gendarmerie de Villefranche, le maréchal des logis-chef Vialatte était le parfait complément de son supérieur. Aussi placide que l'adjudant était vif, plus massif que réellement imposant, ce qui eût énervé l'adjudant, il était, d'apparence seulement, lymphatique et de cervelle peu déliée. Il avait pourtant deux grandes qualités : il inspirait confiance et possédait une mémoire sans défaut. En vingt-cinq ans de carrière, il avait aussi étoffé une expérience qui lui permettait d'analyser tous les éléments d'une affaire, et d'en tirer des conclusions, qui étaient le plus souvent correctes.

Devant le verre de pastis servi ce soir-là par Claire, qui s'attardait volontairement dans le salon, il écouta le récit que lui détailla Combes de ses visites à Saint-Rémy. Tout en paraissant somnoler, il enregistra la description des lieux, l'impatience du frère médecin, le témoignage de la porteuse de lait, les longues observations du sergent-infirmier, les remords du curé. A peine ouvrit-il un œil en entendant le contenu des deux lettres. Il le referma lorsque Joseph mentionna la réaction positive du procureur. Puis il hocha la tête, avec la majesté d'un président de tribunal, avala en une gorgée la moitié de son verre, et attendit la suite.

— Alors ? s'impatienta Combes, tu ne dis rien ? Qu'en penses-tu donc ?

— Faut voir, soupira Vialatte.

— Voir quoi ?

Le bouddha en uniforme visa son pastis et tendit le verre à Claire pour être resservi. Il ne se gênait pas, hors service, pour montrer à l'adjudant, qu'il assistait amicalement depuis six ans, qu'il n'aimait pas être brusqué.

— Je crois, laissa-t-il enfin tomber, qu'il n'y a que deux solutions à ton problème. Ou bien ton invalide a réellement disparu, et le notaire est mal parti ; ou bien le commandant a peur, se planque quelque part, et le notaire n'a poussé qu'un coup de gueule.

— Où veux-tu que se cache un borgne manchot à peu près aphone sans attirer l'attention ? s'énerva Combes. Encore s'il était parti avec son Canaque et sa voiture... Mais je te rappelle qu'il est seul, et à pied !

— C'est son problème, dit l'oracle. Pas le nôtre tant que le Service de santé des armées ne nous demandera pas de le retrouver.

La sonnerie du téléphone détourna l'éclat, destiné au maréchal des logis-chef, sur le gendarme Berthier, qui appelait de la permanence de la brigade.

— Berthier, aboya Combes, je suis encore en permission jusqu'à lundi matin. Vous n'avez pas à me déranger chez moi. A moins que vous n'ayez mis le feu au bureau ?

Tabagiste enragé, Berthier avait effectivement incendié une chaise et un sous-main un mois plus tôt, en jetant un mégot dans une corbeille à papier. L'adjudant entendit le soupir poussé à l'autre bout de la ligne.

— Mon adjudant, reprit patiemment l'infortuné, il y a devant moi un individu qui veut absolument vous voir. Il prétend que c'est urgent et d'une importance vitale !

— Qui est donc cet empoisonneur ?

— Il dit qu'il s'appelle sergent Kakou, et qu'il arrive de Saint-Rémy, où il vient de se passer quelque chose de grave...

— J'arrive, coupa Combes. Dans dix minutes. Qu'il m'attende. Il n'entendit pas la voix de Berthier qui croyait ajouter une précision importante :

— Le sergent, il est noir, mon adjudant ; et en civil.

Le téléphone était déjà raccroché dans le joli salon de Claire.

— Tu ne me le pardonneras jamais, dit Joseph à sa femme en essayant de sourire, mais mon intuition me dit que notre soirée et notre dimanche sont fichus. Je n'y peux rien !

Il remorquait vers la porte d'entrée un Vialatte subitement dispos, qui s'affairait à chercher dans ses poches les clefs de la 203 de service avec laquelle il était venu, quand la voix de Claire le rattrapa :

— Tes intuitions ne valent rien, lâcheur. Et je ne te pardonnerai pas, c'est promis !

Cette fois-ci du moins, Combes avait deviné correctement. Le Canaque, que Berthier surveillait avec inquiétude, était plus gris que noir, et ses yeux striés de rouge s'affolaient.

— Juliette Pistoulet et son père ont découvert tout à l'heure les vêtements du commandant, cachés dans un buisson de l'autre côté de la mare, annonça-t-il. Roulés en boule et couverts de sang séché. Nous n'avons pas trouvé le corps.

DEUXIÈME PARTIE

7

Suzanne Pistoulet, la mère de Juliette, était considérée à Saint-Rémy comme une demi-simple d'esprit. Non qu'elle ne fût pas capable de tenir à peu près correctement son intérieur et de faire la soupe pour son homme. Peut-être pour complaire à leur jardinier, les Delgayroux l'employaient pour le gros ouvrage de maison, lessive et ravaudage. Mais, hors ces tâches domestiques, Suzanne avait un comportement étrange. Les habitants du village n'étaient pas loin de faire un signe de croix quand ils rencontraient, au bord de la mare ou sur les chemins des bois où elle prétendait chercher des champignons, cette épaisse femme de quarante ans, aux yeux atones et toujours décoiffée, qui se racontait perpétuellement à voix basse d'incompréhensibles litanies. Elle avait sûrement quelque commerce avec le diable, pensaient-ils. Au cours de ses errances, ceux qui la voyaient retrousser sa robe informe de pilou noir, tachée de boue, pour se soulager comme une bête au pied d'un arbre, détournaient la tête et passaient leur chemin. Plus tard, rentrés à Saint-Rémy, ils s'arrangeaient pour prévenir Albert ou Juliette que la Suzanne était en expédition «vers la route de Saint-Igest» ou «du côté de Villeneuve»; il fallait bien que quelqu'un allât à sa recherche pour la ramener à la maison.

— *Es oun falourde*, convenaient-ils entre eux.

Personne n'avait jamais osé dire à Albert Pistoulet que sa femme était «une piquée». Albert l'eût mal pris, violent qu'il était de caractère. A son idée, Suzanne lui suffisait comme femme. Elle lui avait fait une fille belle à voir et qui savait se tenir, elle s'occupait des quatre vaches de la famille qui paissaient dans le pré communal, et cuisinait mieux qu'une sorcière; la vieille madame Delgayroux, quand elle daignait adresser la parole à son jardinier, avouait de sa voix aigre :

— Mon pauvre Pistoulet, ta Suzanne n'est pas bien futée, mais elle abat de la besogne.

Bien sûr, les veillées, meublées du perpétuel chuchotis de son épouse, n'étaient pas très animées, mais Albert était un taciturne. Et ses besoins d'épanchements, peu fréquents, étaient satisfaits par ses rapides étreintes avec cet ectoplasme grassouillet et passif.

C'était en allant à la recherche de la mère, en cette fin d'après-midi de samedi, que Juliette et Albert avaient découvert le ballot de vêtements ensanglantés. La visite du gendarme, le matin, avait déjà semé dans le hameau de quoi éveiller la curiosité. Ses consignes de discrétion, au Canaque, à Juliette et au curé, n'avaient pas pesé lourd devant les questions. A midi, personne n'ignorait plus que le second des Delgayroux, le militaire, avait disparu. Celui-là, on ne l'avait pas vu au village depuis plus de vingt ans, mais les vieux se souvenaient de monsieur Arnaud. Et, depuis son retour, on avait pris l'habitude de le voir marcher autour de la pièce d'eau. On savait — et d'ailleurs on le voyait — qu'il avait été gravement blessé par les Arabes. On le plaignait, même s'il faisait un peu peur, et on le saluait gravement quand on le croisait pendant ses promenades.

Juliette était sans doute la mieux placée pour faire le rapprochement entre l'invalide disparu et ce pantalon de coton bleu marine dont les jambes étaient nouées autour d'un pull-over de même couleur. Il faisait encore jour. Elle reconnut d'un coup la tenue dans laquelle elle voyait paraître tous les matins sur le seuil de son pavillon celui à qui elle portait du lait. Quand ils s'aperçurent que le pantalon était imbibé de sang, elle n'eut pas de mal à convaincre son père qu'il fallait de toute urgence donner l'alarme.

Pendant qu'il montait la garde auprès de leur trouvaille, en appelant de temps en temps la Suzanne, qu'il n'oubliait pas, Juliette courut au plus court ; c'était le chemin qui menait à la petite maison au bord de l'eau. Le Canaque fumait une cigarette, d'un air inquiet, devant la porte. Il sursauta quand il réussit à comprendre ce que racontait la fille affolée et essoufflée. Il courut jusqu'à la deux-chevaux et démarra en promettant de ramener les gendarmes.

Dix minutes après, Juliette était revenue près de son père. La nuit tombait. Un quart d'heure plus tard, les nouvelles vont vite, plus d'une vingtaine d'hommes et de femmes de Saint-Rémy, presque la moitié du village, étaient là, s'interpellant dans l'obscurité et piétinant sur la berge boueuse de la mare.

— C'est ta Suzanne que t'as trouvée ? questionnait la voix acide de Fernande Calcayras.

— Dites pas des horreurs, s'indignait le vieux Sudre, gravement. L'ont juste mis la main sur un falzar.

— *Si, macarel, ma pas pel cul qué vas avec*[1] *!*

1. « Oui, macarel, mais pas sur le cul qui va dedans ! »

Un rire nerveux, vite arrêté, salua la saillie de Jules Maillac, le boute-en-train local.

— Attendez que les gendarmes soient là, osa Juliette, vous verrez s'il y a de quoi plaisanter.

Entourée par cette troupe de curieux, elle se sentait la plus concernée, peut-être parce qu'elle avait eu l'occasion de rencontrer le disparu tous les jours et de lui parler. Elle en avait tant entendu sur ce croque-mitaine ! Elle, elle l'avait trouvé intéressant, avec ces mutilations et ces cicatrices qui parlaient d'aventures. Toujours poli, parfois même aimable avec elle. L'attente la faisait trépigner d'énervement, au milieu des bras qui se levaient, armés de briquets pour tenter d'éclairer la meute des buissons bas qui bordaient le chemin.

Quand le rai d'une lampe électrique, balancée au rythme d'un pas rapide, décrivit la courbe de la rive, elle courut au-devant du nouvel arrivant. Elle lui prit le poignet pour le faire avancer plus vite, avant de le reconnaître. C'était le docteur Bernard Delgayroux.

— Qui vous a prévenu ? souffla-t-elle.

— Je rentrais de Villeneuve en voiture quand j'ai vu le village se vider pour galoper vers la mare. Je me suis dit qu'il y avait sans doute un noyé, ou un accident. Alors, qu'est-ce qui s'est passé ?

— On a trouvé les vêtements de votre frère, jetés dans la broussaille et pleins de sang.

Il s'arrêta net, accrocha l'épaule de la jeune fille et leva sa torche pour l'éclairer en plein visage. Elle clignait des yeux dans la lumière crue, inquiète, mais ne paraissait pas paniquée.

— Où est Arnaud ? dit-il précipitamment. Est-il blessé ? Mort ?

Juliette secoua la tête, sans chercher à se libérer.

— On ne l'a pas vu, dit-elle. Il n'est pas là.

— Est-ce qu'il se serait noyé ? Il faudrait...

C'était lui qui s'inquiétait maintenant. Un début

d'affolement que la fille enraya d'une phrase pleine de logique.

— S'il avait voulu se flanquer à l'eau, il aurait pas commencé par se blesser au point de saigner comme ça !

Ils étaient arrivés à hauteur d'Albert Pistoulet, qui leva la main quand le jet de la lampe l'atteignit. Le pull-over et le pantalon étaient à ses pieds. Bernard se jeta à genoux pour les examiner. C'était bien le genre de vêtements qu'il avait vus portés par son frère quand il allait le visiter. Silencieux maintenant, les curieux s'étaient massés autour de lui, comme pour marquer que Saint-Rémy faisait corps avec la famille. Quand il releva la tête et regarda ce cercle de silhouettes penchées, il y eut une sorte de soupir collectif, une grande respiration qui lui fit sentir que tous attendaient ses directives. Il se releva et se frotta les mains. Elles étaient poisseuses ; brunies de sang à demi séché, vit-il en les éclairant l'une après l'autre.

— Il faut prévenir les gendarmes, dit-il, aussi calmement qu'il le put.

— C'est fait, répliqua la voix de Juliette. Le Canaque est parti les chercher, voilà une demi-heure.

Le malheureux Bernard restait là, à se frotter les mains, incapable de réaliser ce que signifiait la présence de ces effets abandonnés. Depuis qu'il avait entendu, le matin même, annoncer la disparition d'Arnaud, il était passé par des sentiments contradictoires, impatience devant le manque de réaction du gendarme, colère ensuite contre son frère et sa belle-sœur qui avaient traité la nouvelle avec désinvolture, inquiétude ou incrédulité enfin toute la journée. Maintenant, il n'y avait apparemment plus de doutes ; il fallait retrouver Arnaud.

Il se secoua. Quelqu'un lui avait posé la main sur le bras et lui parlait :

— Monsieur Bernard, insistait le père Pistoulet, passez-moi votre lampe, qu'on regarde un peu plus dans le coin. Des fois...

Comme un seul homme, après avoir rendu illisibles toutes les traces qu'on eût pu découvrir sur la berge boueuse, la troupe se lança, dans le sillage du docteur et de son jardinier, à l'abordage des douze ou quinze mètres de buissons qui habillaient l'embouchure d'un minuscule ruisseau, descendu à travers le versant ouest. En ce mois de mai de beau temps, le ruisseau était à sec, et son lit d'argile et de pierres n'était pas plus profond qu'une rigole de cour de ferme. Pendant moins d'un quart d'heure, avec l'entêtement destructeur d'un essaim de guêpes poursuivant la lumière de la torche, le groupe battit les ronciers, à grand renfort de *milledious* quand les épines déchiraient une main ou une manche. Soudain, la lueur de la lampe cessa de danser. Elle se fixa sur un visage rond, dont le regard, pour une fois expressif, trahissait une peur panique. Deux mains tremblantes montèrent pour protéger les yeux affolés de cette lumière aveuglante, mais tout le monde avait reconnu le chignon hérissé.

— *Pute borgne*, souffla le père Sudre, c'est la Suzanne !

Avec un couinement de bête surprise, la femme se relevait, empêtrée dans sa cotte noire, prête à s'enfuir. Pistoulet se jeta sur elle et la saisit à bras-le-corps, avec des mots apaisants que personne ne l'avait jamais entendu prononcer. Le couple se débattit quelques instants. Le jardinier avait lâché la lampe, elle éclairait du sol une forêt de jambes qui piétinaient comme dans une lente bourrée. Enfin, la femme cessa de geindre et se serra contre le torse protecteur de son mari.

— Depuis combien de temps est-elle ici ? demanda Bernard. A-t-elle vu quelque chose, ou quelqu'un ?

Il fallut un bon moment à Albert et à Juliette, revenus jusqu'au chemin en traînant Suzanne, pour interroger cette femme hagarde. Ils comprirent d'abord que sa peur venait de la mise en scène ; elle avait cru que ces appels, ces piétinements, ces cris, qui se rapprochaient de sa cachette en même temps que cette lumière qui volait, étaient le fait de chasseurs qui l'avaient prise comme gibier. Quand Juliette eut réussi à la rassurer, elle se mit à bavarder avec animation. Mélange de français, de patois et de borborygmes, ce qu'elle racontait restait hermétique pour Bernard Delgayroux et pour les villageois rassemblés, silencieux mais impatients de savoir. Albert traduisit enfin, lentement.

— Vous savez comment elle est, ma pauvre Suzanne. Elle dit qu'elle est venue par ici, à la fraîche, pour se promener. Elle s'est cachée en voyant arriver un homme qui portait un paquet de vêtements sous le bras. Il a posé son paquet, là où Juliette et moi on l'a trouvé, et puis il a marché dans l'eau, tout habillé, jusqu'à ce que sa tête disparaisse.

— Qui était cet homme ? demanda Bernard. Bon Dieu, elle a bien dû le reconnaître ! Elle doit pouvoir dire s'il avait un bras ou deux !

Pistoulet balança la tête, dans l'obscurité.

— Moi aussi, j'ai pensé à ça, convint-il. Mais paraît qu'il avait deux bras comme tout le monde. Quant à le reconnaître, la Suzanne dit que non, elle sait pas. Sauf que c'est un grand type, et qu'il lui a fait peur, assez pour qu'elle bouge pas de son trou longtemps après qu'il a disparu dans la mare.

Cette histoire n'éclairait en rien la disparition de l'invalide, ni la réapparition d'un pantalon et d'un tricot ensanglantés. Il n'avait sûrement pas été dans l'idée de l'inconnu qui les avait laissés là de les cacher, réfléchissait Bernard. Au contraire, peut-être voulait-il qu'on les trouve. Mais alors, c'était qu'il savait ce qui était arrivé à Arnaud ? Pourquoi n'était-il pas venu à La Giberne le raconter à la famille ? Pas un instant le docteur Delgayroux ne se dit que son frère aîné pouvait avoir un rôle dans cet imbroglio. Il n'imaginait pas Justin s'intéressant aux aventures d'Arnaud. A peine avait-il mentionné, tout juste un jour auparavant, qu'un gendarme était venu à Saint-Rémy dans le seul but de rencontrer le réformé. Et, ce matin même, il avait pris à la légère l'annonce que leur frère était introuvable.

Bernard débordait de sympathie pour le genre humain en général, et pour ses amis et connaissances en particulier. Apprécié comme médecin, il l'était aussi comme homme ; on le savait honnête et droit. Sans doute montrait-il un soupçon de sens critique envers Justin et surtout envers leur mère. Mais il était incapable d'imaginer que ces deux-là pussent enchevêtrer des intrigues pour nuire gravement à l'un de leurs proches. Il tapa du poing dans sa main gauche, et renonça à chercher une solution à son problème.

— Nous ne pouvons rien faire ici cette nuit, dit-il. Les gendarmes viendront sûrement fouiller le terrain demain matin. Merci à vous tous d'être venus. Pour ce soir, il vaut mieux rentrer chez nous.

Obéissante, retenant les commentaires par déférence pour les Delgayroux qui étaient manifestement au cœur de cette sombre histoire, la petite troupe prit le chemin du village, en contournant la mare. Au moment où ils arrivaient en désordre au carrefour de la petite route qui menait, à gauche, à l'église, au village et à La Giberne, ils se rangèrent précipitamment pour laisser passer deux voitures qui descendaient de la nationale, tous phares allumés. Dans la lumière crue qui enveloppa le groupe, ils se regardèrent timidement les uns les autres. Au passage de la deux-chevaux du Canaque que suivait la 203 bleue de la gendarmerie, tous les visages reflétaient la même impression : Saint-Rémy avait peur.

8

— Arrêtez-vous, Berthier ! Je veux parler au docteur Delgayroux.

Combes avait au passage reconnu dans la lumière des phares le visage inquiet du médecin qui l'avait quitté ce matin avec plus de hargne que de politesse. A la tête de cette maigre procession paysanne, il avait l'air d'un meneur entraînant ses Jacques vers une manifestation revendicative. Au point que Combes crut qu'il s'était passé d'autres événements graves à Saint-Rémy depuis que le Canaque était parti pour Villefranche. Peut-être, après les vêtements du disparu, les villageois avaient-ils découvert le cadavre ? Avant que cette troupe n'efface tous les indices intéressants, il fallait « prendre les choses en main ». L'adjudant se répétait cette formule ; depuis le début de sa carrière, elle l'irritait de plus en plus. Quelquefois, il s'était laissé aller devant Claire — une fois même devant Vialatte — à sacrer contre ce métier d'enquêteur, qui « prenait les choses en main » quand le mal était déjà fait. « Au fond, disait-il avec amertume, nous sommes là pour constater les dégâts, sans être capables de les prévenir. » La rigueur des règlements, qui codifiaient ses réactions officielles, l'obligeait à respecter les atermoiements des interrogatoires légaux, à supporter la lenteur des démarches administratives, et même, comme le lui avait rappelé le procureur, à prendre des gants pour éviter de choquer des notables. Il savait pertinemment que ces précautions étaient finalement bénéfiques. Il n'en était pas moins ulcéré quand elles s'imposaient à son tempérament de fonceur idéaliste. S'il s'était laissé aller à agir selon son cœur, il eût volontiers pris lui-même la tête d'une expédition punitive, comme ce médecin de campagne semblait le faire.

— Où allez-vous tous de ce pas ? demanda-t-il en descendant de la 203 devant Bernard Delgayroux.

— Nous rentrons chez nous, dit le docteur d'une voix lasse. Il fait trop noir pour fouiller davantage la rive nord de l'étang. J'avais cru un instant qu'Arnaud avait décidé d'en finir et s'était volontairement noyé, mais Suzanne Pistoulet a vu celui qui a abandonné dans les buissons les vêtements de mon frère et ne l'a pas reconnu. Autant dire que nous ne sommes pas plus avancés que ce matin. J'espère seulement que vous allez maintenant prendre les choses très au sérieux.

— Je mets cette réflexion sur le compte de l'énervement et de l'inquiétude, dit Combes. Croyez bien que je ne suis pas ici par goût de la promenade. Peut-être commencez-vous enfin à vous demander ce qui est arrivé au commandant.

Bernard Delgayroux balança la tête et soupira. Autour de lui, n'osant pas bouger dans la lumière crue des phares, les gens du village piétinaient ; tête basse comme s'ils craignaient d'être reconnus, ils se sentaient étrangement en faute, avec la mauvaise conscience de ceux qui n'ont pas porté assistance à un de leurs semblables en danger. Impression purement subjective : ils n'avaient rencontré personne sur le bord de l'étang. Peut-être regrettaient-ils que la curiosité qui les avait envoyés là-bas les ait mêlés à une histoire qui allait occuper les gendarmes, ce qui n'est jamais agréable pour des honnêtes gens. Le vieux Sudre fut le premier à s'ébrouer. *Macarel*! Aucun d'eux n'avait rien fait de mal. Ils avaient marché au canon, pour aider, c'était tout.

— Si vous trouvez pas à y redire, brigadier, on aimerait bien aller manger la soupe, dit-il avec l'autorité d'un patriarche.

— Que tout le monde rentre chez soi, concéda Combes. Sauf monsieur Pistoulet et sa femme qui m'expliqueront cette histoire de porteur de vêtements. Quant à vous, docteur, prévenez votre famille que j'arrive.

— Justin, je te prie de jeter ce garçon dehors !

Raide sur sa chaise à dossier de velours, Alice Delgayroux jouait les impératrices outragées. « Ce garçon », qui s'était pourtant présenté en entrant dans la salle à manger sur les talons de son fils Bernard, était l'adjudant de gendarmerie Combes ; circonstance qui rendait plus coupable l'éclat de la vieille dame, il était revêtu de son uniforme, selon la formule consacrée.

Combes fit un pas et se planta à un mètre devant la Douairière, la dévisageant de façon volontairement insolente. Alice évita de croiser son regard, et entreprit de fixer une fleur de la tapisserie, derrière le dos de ce nabot ! Seigneur, comment l'autorité pouvait-elle s'incarner chez un homme qui avait à peine la taille d'un adolescent de quinze ans ! Mal élevé, de surcroît.

— M'as-tu entendu, Justin ? reprit la voix aigre.

Le notaire s'était levé à l'entrée du gendarme, et s'était écarté de la table du dîner. Sa serviette à la main, il avait l'air plus gêné qu'inquiet. Lâchant de l'œil le menton revêche de madame Mère, le gendarme nota que le nommé Justin ne montrait aucune intention guerrière. Il lui offrit un sourire désarmant et inattendu.

— Monsieur Delgayroux, dit-il fermement, avant que cette dame, que j'imagine être votre mère, ne se livre à des écarts de langage répréhensibles, je vous signale que je suis ce soir chez vous en tant qu'enquêteur officiellement désigné par monsieur le procureur Lespart, pour découvrir les raisons de la disparition de votre frère, le commandant Arnaud Delgayroux. J'attends donc de vous tous une collaboration entière.

Sans en être tout à fait certain, Combes avait cru voir passer une lueur d'amusement sur le visage de la belle femme qui était restée assise à table. Sans doute était-ce Isabelle, qui ne devait pas porter sa belle-mère dans son cœur. Elle baissa les yeux sur son assiette ; sur la nappe, ses mains soignées ne tremblaient pas. La première réaction à l'exorde de l'adjudant ne vint pas du notaire mais du médecin.

— Il va sans dire que nous vous aiderons de tout cœur à retrouver notre frère, affirma-t-il gravement en remontant ses mèches grises d'une main énervée. Sa disparition nous paraît tout à fait surprenante.

— Pour ne pas dire incroyable, ajouta son aîné qui semblait avoir retrouvé son assurance.

— C'est ridicule ! Arnaud n'a évidemment pas disparu. Il est quelque part dans la propriété. Il suffit de le faire chercher par son nègre.

Sur son trône, la vieille Alice grinçait, le regard brillant de méchanceté fixé sur l'intrus, comme pour le défier d'insister. Exactement le genre de défi qui mettait Combes en rage. Il ne s'en cacha pas.

— Je croyais avoir été très clair, chère madame. Je veux bien remettre encore les choses au point. Personne n'a revu votre fils Arnaud depuis hier matin, même le sergent-infirmier Kakou qui vit avec lui beaucoup plus que vous ne le faites. Parenthèse : le sergent est Canaque, pas nègre. Il n'y a pas de Noirs en Nouvelle-Calédonie, apprenez-le. D'autre part, des villageois viennent de trouver les vêtements d'Arnaud, ensanglantés, au bord de votre mare. Votre fils Bernard les a identifiés, et peut vous le confirmer. Il y a donc quelques raisons de se poser des questions au sujet du sort du commandant. Est-ce bien net ?

Alice avait repris son inspection de la tapisserie. Ses sourcils pâles froncés et ses minces lèvres serrées disaient qu'elle n'était pas abattue, mais seulement furieuse. Combes, que sa colère n'avait pas quitté, eut conscience qu'elle recommencerait son obstruction à la première occasion. Au diable les conseils de prudence de monsieur Lespart !

— Je crois que vous n'êtes pas convaincue, madame, dit-il avec ce qui pouvait passer pour de l'exaspération. Je vous préviens que, si vous prononcez un seul mot qui ne soit pas une réponse à une question que je vous aurai directement posée, je vous fais renvoyer dans vos appartements. Et j'entends être obéi.

— Vous êtes assez peu courtois avec ma mère, s'interposa le notaire, d'un air sévère. Peut-être pourrions-nous nous entretenir de façon plus urbaine.

Le fantôme de Lespart ricana dans l'imagination du gendarme.

— S'il ne tient qu'à moi, dit-il sans s'excuser davantage, nous parlerons calmement.

D'un regard, il fit le tour des assistants. La vieille dame paraissait temporairement matée, même si ses doigts maigres, flottant dans ses bagues lourdes, palpitaient sur la nappe. Le notaire avait fait l'effort de gommer son mécontentement, et repris son onction professionnelle. Isabelle réussissait à inscrire sur son visage artistiquement maquillé l'amusement que lui avait procuré le traitement infligé à sa belle-mère et l'inquiétude que pouvait lui inspirer la disparition d'Arnaud. Le médecin avait attiré machinalement une chaise et s'était assis, coudes aux genoux, prêt à faire son possible. De toute sa famille, il était manifestement le plus touché par les événements. Jusque-là muet, le dernier acteur de cette scène de dressage, debout sur le seuil de la porte de la salle à manger, était le gendarme Berthier. Combes l'avait chargé de prendre des notes au cours des interrogatoires; il découvrait le tempérament de dompteur de son adjudant.

D'autorité, celui-ci s'installa à un bout de la table du dîner et pria du geste Berthier de s'asseoir à côté de lui. Ils faisaient ainsi face à ce qui devait être une porte-fenêtre ouverte sur le jardin; une brise légère agitait faiblement les doubles rideaux de toile bise. Assis à gauche des gendarmes, Bernard et Isabelle suivaient du regard les mains du secrétaire qui posait méticuleusement sur la nappe carnet, règle plate et stylo. Du côté droit, le notaire tournait la tête vers l'adjudant en arborant un air ennuyé. Sa mère, à côté de lui, ruminait encore sa détestation de l'uniforme et du manque de bonnes manières des intrus.

Sans plus se soucier de civilités, Combes attaqua.

— Monsieur Delgayroux, demanda-t-il à Justin, est-il exact que vous avez épousé madame, ici présente, alors qu'elle était la fiancée de votre frère Arnaud?

Les quatre membres de la famille marquèrent un haut-le-corps.

— Je ne vois pas, répondit lentement le chef du clan dont les joues trop pleines avaient pâli, ce que cette vieille histoire peut apporter à vos recherches.

— Quant à moi, qui suis tout de même la première intéressée, ajouta vivement Isabelle, je peux vous affirmer qu'Arnaud avait très bien compris mes motifs. Nous étions d'ailleurs sur le point de rompre ; il partait à la guerre et se destinait à une carrière militaire outre-mer, alors que je n'avais nulle envie de m'expatrier.

— Puis-je vous demander, madame, depuis quand vous n'avez pas revu votre beau-frère ?

La question avait été posée de façon anodine, mais Combes se demandait ce qu'oserait avouer cette femme si maîtresse d'elle-même. Dirait-elle tout à trac devant tant d'auditeurs qu'elle avait renoué des liens au moins affectueux avec le disparu ? Il crut deviner la même curiosité chez le mari et chez la Douairière. Ces deux-là ne devaient guère avoir de secrets l'un pour l'autre. Si Justin savait tout des rendez-vous que s'étaient donnés sa femme et son frère, la vieille dame devait en savoir autant. Le gendarme s'attendait plutôt à ce que la belle Isabelle niât toute amélioration récente de ses rapports avec son ancien soupirant. Mais elle trouva une solution moyenne, comme si elle avait deviné le piège.

— Ma foi, dit-elle, ça doit remonter à deux mois, environ.

— Tiens, remarqua Justin, l'air réellement surpris, j'ignorais que vous l'aviez rencontré depuis qu'il est revenu des Invalides !

— Comment vous êtes-vous retrouvés ? questionna l'adjudant.

— Par hasard, tout simplement. J'allais porter des fleurs à l'église quand je l'ai vu en train de secouer la porte fermée. Notre brave curé m'a laissé une clef pour que je puisse aller à mon gré apporter quelques bouquets pour égayer sa nef sinistre. J'ai ouvert, Arnaud m'a suivie à l'intérieur, et nous avons échangé quelques mots.

— Vous a-t-il paru amer, ou vindicatif ?

— Non. Pas plus que ne le justifiait le malheur qui lui était arrivé.

— Rien de personnel ? On m'a pourtant rapporté qu'il avait été très agressif à l'égard de votre mari quand il est arrivé de Paris.

Cette fois, Justin fut le premier à répondre :

— Ce n'était que de la mauvaise humeur, la fatigue du voyage. Nous ne nous étions pas quittés en très bons termes, voilà plus de vingt ans ; il était naturel qu'il ait été attristé de reprendre contact avec sa famille et sa maison natale dans de telles conditions. Je l'ai revu plusieurs fois depuis ; quoique encore fraîches, nos relations n'étaient plus aussi tendues.

Combes avait écouté cette mise au point lénifiante avec le contentement d'un chat voyant s'approcher une souris.

— Etes-vous de l'avis de votre mari, madame ? s'enquit-il en souriant à Isabelle.

Comment savoir si c'était l'habitude des conversations mondaines qui donnait à cette femme le ton juste, la mine convenable, et jusqu'à cette petite hésitation qui marquait ses réponses d'une touche de réflexion bienvenue ?

— C'est la seule fois où j'ai vu Arnaud depuis son retour à La Giberne, dit-elle. Je ne peux donc pas affirmer qu'il s'est ou non radouci. Je lui ai affirmé que j'étais très heureuse de le voir enfin rentré chez lui, à Saint-Rémy, que j'espérais que sa santé s'améliorerait. Il a eu l'air de me croire.

— Aucun de vous n'a rien ajouté ?

— Si. Je crois lui avoir demandé pardon pour le mal que j'avais pu lui faire autrefois, en précisant que je ne regrettais rien. Avec la mine sarcastique que lui donnent ses cicatrices, il m'a répondu que les choses étaient très bien comme ça, et que notre vie ensemble aurait été catastrophique. Nous nous sommes quittés. Sans arrière-pensée, du moins de ma part.

— Et vous ne l'avez plus revu ?

— Pourquoi cette insistance ? s'interposa le notaire une nouvelle fois. Ma femme vous a déjà dit que cette conversation datait de deux mois.

Il ajouta avec hauteur, comme si sa confiance en lui s'était raffermie :

— Nous avons accepté de vous répondre. Encore faudrait-il que vous donniez l'impression de nous croire. Votre ton et vos questions sont désobligeants.

— Je t'avais bien dit de ne pas te laisser faire, triompha la vieille Alice, aigre comme le corbeau d'une pythonisse. Ce gendarme est venu chez nous avec une idée préconçue et n'en démordra pas !

Combes fronça le nez et tapa un coup sec sur la table, juste pour rappeler à l'ordre son ennemie déclarée. Il scruta le visage aigu, le menton en cap haut levé au-dessus des fanons en cordes, les yeux brillants dont l'intensité mangeait les joues creuses, fardées d'une couche mal étalée de poudre trop foncée. Il se disait subitement que c'était peut-être cette octogénaire méchante qui avait espionné sa belle-fille et avait raconté à Justin les étapes de la réconciliation des anciens fiancés.

— Bien sûr, madame, dit-il avec bonhomie, vous-même pouvez m'affirmer que votre fils Arnaud et votre bru ne se sont plus rencontrés depuis, mettons, fin mars.

— Je ne suis pas une commère, mon ami, ricana madame Mère. Et je crois qu'Isabelle vous a dit la vérité. Je lui connais beaucoup de défauts, mais elle ne ment jamais.

Le visage rouge, comme si elle était aussi fâchée de la fausse louange d'Alice que de la question insolente du gendarme, Isabelle se raidit sur sa chaise. Sans rien en montrer, Combes était ravi d'avoir ainsi fait monter la pression. Les Delgayroux s'étaient enferrés dans leurs mensonges.

Lentement, dans un silence hostile, il ouvrit la sacoche posée à ses pieds et en tira une mince chemise de bristol, qu'il posa sur la nappe blanche. Tous les regards convergèrent sur ce rectangle rose, comme s'il cachait un pétard prêt à exploser. Dans l'esprit de Combes c'était bien ce qu'il espérait. Il sortit de son dossier trois feuillets d'un texte tapé à la machine qu'il entreprit de lire à voix haute en évitant tout effet dramatique. A peine avait-il daigné annoncer :

— Vous allez écouter ce que le commandant Arnaud Delgayroux m'a écrit, avant de disparaître. Je vous prie de ne pas m'interrompre. Vous aurez le temps de présenter ensuite vos observations.

Personne ne manifesta grande émotion à l'audition du premier billet ; Alice leva les yeux au plafond en secouant la tête, Justin et Isabelle se contentèrent de hausser les sourcils. Mais la lecture de la longue lettre retraçant la genèse de la crise familiale et le dénouement que craignait Arnaud électrisa les membres de la famille.

Justin fut le premier à jaillir de sa chaise, apoplectique, dès le passage traitant de la procuration de 1939. De la main, le gendarme lui ordonna de se rasseoir, mais rien, dans cette suite d'accusations, n'était fait pour calmer son agitation. Quand il fut question du retour du prisonnier à Saint-Rémy en 1941 et des scènes qui l'avaient suivi, le notaire leva les bras au ciel en martelant que « Non, non, non, rien ne s'était passé comme ça ! ». Les poings serrés à hauteur de menton, Isabelle avait oublié son flegme, et son regard trahissait à la fois désarroi et colère. En face d'elle, oubliant peut-être qu'elle avait usé du procédé la veille, madame Mère s'écroula le nez dans son assiette dans une indifférence quasi générale. Seul le gendarme Berthier parut s'étonner de cette réaction paroxystique, mais un coup d'œil de son adjudant le replongea dans ses notes.

Après quelques minutes d'accalmie, correspondant à la lecture du paragraphe sur l'Algérie et les hôpitaux, la tempête reprit de plus belle. Directement en cause cette fois, Isabelle se leva comme une furie, toute réserve mondaine évanouie.

— C'est faux, archifaux, cria-t-elle. Arnaud ne peut pas prétendre que j'aie parlé de pressions de mon mari. Il ne peut pas se vanter de m'avoir reconquise ! Ce sont des mensonges !

Combes leva les yeux sur elle, avec un feint détachement. C'était la minute qu'il attendait depuis le début de cet interrogatoire animé. Manifestement, l'histoire telle que l'avait racontée le disparu déplaisait profondément à toute sa famille. Bernard s'était contenté de hausser les épaules et de secouer la tête, mais son frère aîné, encore ulcéré du rôle qu'il avait prétendument joué, regardait sa femme avec l'étonnement d'un étranger et le doute d'un époux apprenant son infortune. Comme si subitement il accordait crédit aux élucubrations d'Arnaud. Alice s'était redressée seule, et fixait sa bru avec des yeux écarquillés qui en oubliaient presque leur méchanceté.

— Je refuse d'entendre d'autres sottises, cracha Isabelle, déchaînée. Je monte dans ma chambre.

— Vous resterez, madame, dit Combes en se levant à son tour. Je comprends parfaitement que ce soit désagréable, mais j'ai jugé honnête de vous faire connaître la version de votre beau-frère. Nous en aurons bientôt fini. Veuillez vous rasseoir.

Ils se mesurèrent du regard. Il s'étonna de deviner chez cette femme d'allure si sereine un tel désarroi. Il en vint, une seconde, à se demander si l'expéditeur de la lettre ne s'était pas inventé un monde de rêve. La seule amabilité de sa belle-sœur au cours d'une seule et brève conversation pouvait-elle avoir créé dans son cerveau torturé l'illusion d'une nouvelle idylle ? Puis Combes se rappela de la mine coupable du curé Espadaillac évoquant les relations entre Arnaud et son ancienne conquête. Lui aussi avait paru acquis à la version d'un regain d'affection.

— Asseyez-vous, madame, répéta-t-il. S'il vous plaît.

Elle céda sans plus protester. Le torse droit, elle fusilla d'un coup d'œil la vieille Alice, qui se tassa sur sa chaise comme si ces excès de révélations tragiques l'avaient renvoyée au sommeil.

« Peut-être Isabelle a-t-elle été indiscrète, lut le gendarme, ou bien quelqu'un nous aura-t-il entendus... » Les Delgayroux paraissaient mithridatisés au poison sécrété par ces accusations. Ils écoutèrent sans manifester la voix de Combes, qui ne s'appesantit ni sur le dernier appel au secours ni sur la désignation du coupable.

Quand il se tut et qu'il les regarda, il eut pour la première fois de la soirée l'impression qu'ils lui opposaient un front uni. Au point que l'effleura l'idée que, peut-être, les Delgayroux s'étaient débarrassés du problème Arnaud au terme d'une action concertée.

— En somme, dit enfin le notaire, vous m'accusez d'avoir supprimé mon frère. Il vous faudrait autre chose que le roman que vous nous avez infligé pour le prouver. D'abord parce que je n'ai aucun mobile. En passant à mon étude vous pourrez consulter la fameuse procuration qui agitait tant Arnaud. Vous verrez qu'elle traite de façon très précise des délégations de signature qu'elle m'autorise. Quant à mes comptes faussés et à mes escroqueries, les livres de gestion de La Giberne, depuis 1837, sont également à votre disposition à Villeneuve.

Il avait avancé sa défense avec une noblesse amère, dont sa femme parut reconnaissante, puisqu'elle posa, sur le poing de son mari crispé sur la table, une main apaisante.

Le jeu de scène était parfait, comme le fut l'amorce de sa réplique :

— Je vous précise, une nouvelle fois, que je n'ai revu mon beau-frère qu'à peine cinq minutes, il y a deux mois, et que cette intrigue, que j'aurais renouée avec lui, est de pure invention. Ce qui retire aussi à mon mari le mobile jalousie.

— Ma foi, dit Combes abandonnant son ton et ses allures de procureur, je ne vois pas pourquoi je ne serais pas satisfait de vos réponses. Pour que les choses soient nettes, maître, je passerai à votre étude lundi matin comme vous me l'avez proposé. Je vais essayer tout de même de savoir ce qu'a bien pu devenir le commandant. Vous, docteur, qui avez été un auditeur modèle ce soir, avez-vous une idée à me soumettre ?

Fourrageant dans sa tignasse grise, ce qui paraissait un tic trahissant son embarras, Bernard se releva en même temps que les deux gendarmes. Il hésita un peu, comme un homme désireux de peser ses réponses :

— A l'époque où mes deux frères ont eu leur différend, j'étais en vacances chez un lointain cousin, et en 1941 quand Arnaud est rentré de captivité je commençais ma médecine à Montpellier. Je ne suis donc pas au courant très précisément de cette brouille familiale. Depuis six mois, je ne rencontre mon frère qu'une fois par semaine, ainsi qu'il l'a stipulé. Je ne peux donc vous donner qu'un avis purement professionnel. Je crois qu'Arnaud a été très choqué psychologiquement par ses mutilations brutales. Il a dû réapprendre à parler, malgré ses cordes vocales atteintes, à écrire de la main gauche, à vivre comme un castrat. Mécaniquement, ses rééducations ont été des succès. Moralement, c'est plus dur.

— Diriez-vous qu'il a le cerveau dérangé? demanda Combes.

Cette fois, Bernard n'hésita pas.

— Non! affirma-t-il. Il est lunatique, amer, dépressif, mais pas fou. Je ne le crois même pas capable de se suicider. D'ailleurs, nous n'avons pas trouvé son corps près de la mare. Ne sautez pas aux conclusions, mon adjudant. Peut-être rentrera-t-il tout bonnement chez lui avec une explication toute simple.

— Je voudrais avoir votre foi, docteur.

Les quatre Delgayroux regardèrent en silence les deux gendarmes récupérer leur matériel et se diriger vers la porte. Berthier coiffa son képi avant de saluer et de faire un demi-tour réglementaire qui le fit déraper sur le dallage du vestibule. Combes prit le temps de délivrer à ses souffre-douleur un message pessimiste :

— Je reviendrai demain matin avec mes hommes pour fouiller le terrain et chercher des indices au pavillon. Sauf imprévu, j'éviterai de vous importuner, mais nous aurons certainement à nous revoir.

Il leva une main pour arrêter le médecin, qui faisait mine de vouloir le raccompagner. Il se sentait troublé par le regard lourd d'Isabelle, qui restait pour lui une énigme. Quand il sortit de la salle à manger, le notaire inclina la tête avec raideur, dans un simulacre de salut. La Douairière n'eut même pas la force de souligner son départ par un sourire triomphant; elle avait eu ce soir assez d'émotions pour satisfaire son tempérament d'émeutière.

9

Jules Maillac, la cinquantaine confortable et le tempérament paresseux, cultivait plus facilement le calembour et la joyeuseté que son maigre champ de cailloux, où ne poussaient que quelques luzernes têtues. La chance avait voulu, au début des années 50, qu'un Parisien en vacances perdît le contrôle de ses freins en descendant la nationale vers le Farrou, au moment où Jules traversait. Jambes et bassin fracturés, le boute-en-train de Saint-Rémy alla exercer sa verve de longues semaines durant à l'hôpital de Villefranche. Astucieusement, il se pourvut d'un avocat habile et d'un certificat médical péremptoire qui ruinèrent quasiment le Parisien en dommages et intérêts. L'avocat y gagna une réputation utile à sa carrière, et Maillac une petite fortune qui lui permit d'envisager un avenir de repos, même si les séquelles de son accident étaient minimes.

Il jouait donc les rentiers, assis sur le seuil de sa maison un quart de la journée quand le temps le permettait ; sa femme, Mariette, le houspillait pour qu'il fasse de l'exercice, prétendant qu'il engraissait à ne rien faire, ce qui était faux : il consacrait presque une heure chaque jour à d'obscurs travaux de jardinage, dans le minuscule potager qui jouxtait le ruisseau. Il n'en tirait à peu près aucune récolte. Il ne pouvait pas davantage se glorifier des bricolages auxquels il se livrait à la demande de Mariette. Les chaises qu'il réparait s'écrasaient sous le premier séant venu, les pitons qu'il plantait s'arrachaient au poids d'une casserole, et les portes qu'il rabotait « pour que ça ferme, milledieux » laissaient passer trois doigts de vent coulis.

— Mon Jules, il a jamais rien su ni voulu faire. La seule chose qu'il a réussi, ç'a été son accident ! disait volontiers sa femme.

C'était une appréciation incomplète ; Maillac avait également su se rendre indispensable à tout le village. Il avait la fortune généreuse, offrait volontiers un verre aux hommes qui passaient devant sa porte ouverte. Dans un hameau où aucun cafetier ne s'était installé, cette proposition ne se refusait pas. Le vin aidant à la conversation, « l'estropié de la nationale » — ainsi s'était-il baptisé — était devenu la commère la mieux renseignée de Saint-Rémy. Tous les villageois questionnés par l'adjudant de gendarmerie, quand il était arrivé en uniforme ce dimanche matin avec cinq chiens de chasse qui s'étaient lancés aussitôt vers la rive ouest de la mare, lui avaient conseillé la même démarche :

— Si vous voulez savoir quelque chose de toutes ces histoires, vous faut aller demander au Jules Maillac.

Combes, qui s'était empressé de suivre ce conseil après avoir chargé Vialatte de surveiller la fouille du terrain, avait été reçu avec les honneurs. Il dut d'abord se plier au cérémonial instauré par l'estropié.

— Vraiment, monsieur Maillac, se défendit-il, il n'est pas neuf heures du matin ! Je ne vais pas boire un coup de rouge maintenant ! D'ailleurs, je suis en service, je n'en ai pas le droit !

— *Macarel dé diou*, sacra Jules, posez un peu vos fesses sur votre sacré règlement. Si vous buvez pas, je peux pas m'y mettre tout seul. Et si je bois pas, j'arrive pas à causer. C'est dommage, pasque justement, Mariette est à la messe qui finira pas avant une demi-heure. Elle nous aurait pas gênés pour bavarder.

Combes, ayant estimé que cet argument était décisif, avait accepté de transgresser son règlement, en souhaitant *in petto* que Claire ne sût rien de cet écart matinal.

Carré sur sa chaise, Jules leva son honnête ration de vin rouge en souhait de bienvenue, et dégusta d'un coup de langue sa première gorgée.

— L'est beau, notre petit pays, dit-il avec satisfaction.

Sorti de l'écran des bois qui dominaient la nationale, derrière eux, le soleil écrêtait les grands arbres du village et plaquait un air de gaieté sur les premiers nénuphars de la mare. Au-delà du rideau de tilleuls mal taillés, cette flaque de lumière, soulignée au bord de l'eau par une ligne de fleurs de muguets retardataires, inspirait au spectateur une paix béate qui ne correspondait pas à l'humeur de l'adjudant.

— C'est peut-être aussi beau que vous le voyez, ronchonna-t-il, mais il se passe quand même de drôles de choses à Saint-Rémy.

Maillac le considéra avec regret, comme un philosophe dérangé dans sa contemplation.

— Faut pas croire, dit-il. Ici, parce que tout est tranquille chacun veut grossir les événements pour s'inventer de la distraction. Mais au fond, tout reste simple.

— Tout de même, réattaqua le gendarme, le commandant Delgayroux a disparu. Ce n'est pas de l'invention, ça.

— Bon, concéda le sage. On a retrouvé ses frusques hier soir. Ça ne prouve pas qu'il soit mort. Pourquoi se serait-il supprimé, cet homme ? Il m'a vaguement raconté ses derniers malheurs, chez les Arabes, un jour où il s'était arrêté devant chez moi. Il avait l'air plutôt content d'avoir sauvé sa peau, finalement.

— Peut-être l'a-t-on aidé à disparaître, suggéra Combes, qui crut de bonne politique d'avaler une première lampée de poison.

Le goût âcre du vin frais le persuada qu'il avait eu tort de sacrifier aux usages. Mais l'estropié ne parut pas s'apercevoir de son subit rougeoiement, ni de sa quinte de toux.

— Reste à savoir, dit-il, qui aurait voulu supprimer ce pauvre bougre. Bien sûr, on dit qu'il s'entend pas avec sa famille. Moi, je le comprends. Le frère aîné, le notaire, lui a pris sa femme ; le docteur le traite comme un malade. La mère, la vieille bique, l'a toujours considéré comme un renégat parce qu'il voulait être soldat, ce qui est contraire aux volontés de l'arrière-grand-père. Mais ces gens-là ne sont pas des assassins. Au fond, c'était lui qui réclamait vengeance. Et si monsieur Justin avait disparu, j'aurais pas de peine à penser que le commandant y serait pour quelque chose.

— Mais voilà, c'est lui qu'on ne retrouve pas.

Maillac hocha la tête, presque contrarié.

— C'est vrai ! Ça ne tourne pas comme on s'y attendrait.

L'aisance avec laquelle son interlocuteur donnait son avis sur les rapports des Delgayroux entre eux encouragea l'adjudant.

— Vous qui avez vu passer Arnaud tous les jours devant chez vous, demanda-t-il, avez-vous l'impression qu'il s'était réconcilié avec sa belle-sœur? Il paraît qu'ils avaient pris l'habitude de se donner rendez-vous. A l'église, peut-être?

— Je peux pas prétendre savoir ce qui se passe chez mon ennemi Espadaillac, dit Jules avec le ton d'une majesté offensée. Vous comprenez, ce curé de malheur s'est permis de dire en chaire que j'avais honteusement profité de mon accident. On voit bien que c'est pas lui qui traîne encore des sciatiques et des rhumatisses. Je le crois capable d'avoir joué les entremetteurs pour rabibocher votre invalide avec sa promise d'autrefois.

— Alors c'est vrai? Ils se revoyaient volontiers?

Combes s'excitait, persuadé que la piste se réchauffait. La prudence de son vis-à-vis le rappela à la mesure.

— Attention, tempéra Maillac en levant la main. Je peux pas affirmer les avoir vus ensemble. Mais le vieux Sudre m'a dit qu'il les avait trouvés en train de discuter au portail d'entrée de La Giberne : ils avaient pas l'air prêts à se tirer dessus.

Le gendarme digéra l'information. C'était une preuve que la belle Isabelle avait menti la veille au soir en affirmant n'avoir rencontré Arnaud qu'une seule fois depuis son retour. Au moins pouvait-il à nouveau envisager la jalousie comme mobile de l'élimination du militaire. Restait à comprendre comment elle s'était déroulée.

— Avant-hier matin, avez-vous vu mon invalide partir en promenade comme d'habitude?

La commère du village contempla son fond de verre comme s'il espérait en faire émerger ses souvenirs.

— C'était vendredi, hein? Je crois que non. Même que j'ai dit à Mariette, qui allait faire sa lessive au ruisseau, qu'elle était en avance parce que le commandant n'était pas encore passé ; il était déjà plus de dix heures.

— Et les autres Delgayroux ?

— Monsieur Bernard était parti avec sa Simca avant neuf heures ; le notaire un quart d'heure plus tard.

— Tout avait l'air normal ?

— Oui, sauf que monsieur Justin devait être en retard. Il est passé là-devant dans une poussière de cyclone que j'en ai pris plein mon gorgeon, sans me dire bonjour de la main comme il fait tous les jours.

Ce souci du détail montrait au moins que Maillac avait choisi d'être coopératif. En l'état actuel de l'enquête, Combes se demandait ce qu'il pourrait encore tirer d'intéressant de cet observateur quasi professionnel, même en acceptant de laisser remplir son verre une seconde fois. Il frémit à cette perspective. Heureusement, à peine amorti par les frondaisons, le carillon de la cloche de l'église envahit la paix de cette matinée.

— C'est la fin de la messe, constata Jules, à peine inquiet à l'idée d'être surpris par Mariette en pleines libations. Faut dire que l'Espadaillac, avec ses trois paroisses, il a tendance à presser le mouvement.

Il serra la main que lui tendait l'adjudant en prétextant que sa sciatique l'empêchait de se lever de sa chaise.

— Je vous souhaite pas bonne chance à fouiller toute cette merde, dit-il en guise d'au revoir. J'aimerais pas qu'on trouve le cadavre de ce pauvre bougre.

Combes était parti vers le carrefour où ses phares avaient éclairé, la veille au soir, la troupe des villageois rentrant de leur découverte. Il se retourna au moment d'emprunter le chemin qui faisait le tour de la mare. Là-bas, sous les arbres de la seule rue de

Saint-Rémy, les ouailles du curé sortaient lentement sur le parvis de terre. Au milieu de l'attroupement il reconnut parfaitement, lui tournant le dos, les deux frères Delgayroux encadrant l'élégante silhouette d'Isabelle. La Douairière n'était pas avec eux.

Le maréchal des logis-chef Vialatte était d'une humeur de dogue. Outre qu'il s'était couché tard la veille, il n'appréciait pas autant qu'autrefois une matinée passée au soleil à fouiner dans le paysage, à la recherche d'il ne savait quoi. Surtout sur ce qu'il appelait un billard. Il accueillit son adjudant, qui arrivait paisiblement au pas de promenade, avec un grognement significatif. Un bruit qui disait davantage «j'en ai assez de perdre mon temps» que «je crois faire œuvre utile pour l'enquête». Les pouces crochés dans le ceinturon il jeta un coup d'œil désolé aux cinq gendarmes éparpillés entre la berge boueuse, qu'on eût crue terrain de parcours de bœufs sauvages, et les ronciers pelés où s'était cachée Suzanne Pistoulet. Le regard qu'il adressa ensuite à Combes était lourd d'incompréhension et de ressentiment.

— Je voudrais savoir ce que nous devons trouver, dit-il aigrement. Surtout sur un terrain qui a été piétiné hier soir par toute la population du village.

— Rien ne vous a paru bizarre? s'étonna l'adjudant.

— Ma foi, admit Vialatte, à part un kilo de coulemelles déjà cueillies abandonné au fond du ruisseau à sec, et un cadavre mal planqué sous un buisson, rien à signaler.

Combes le regarda de travers. Ce genre d'humour dans la bouche d'un subordonné lui paraissait tout à fait déplacé. Le chef dut sentir qu'il était allé trop loin, il compléta son compte rendu :

— C'est le cadavre d'un chien, qui a été tué à coups de fourche hier ou avant-hier...

L'adjudant sembla satisfait de ces trouvailles. Les champignons étaient certainement le produit de la cueillette faite par Suzanne pendant sa promenade. Quant au chien...

— Très bien, Vialatte, dit-il. Renvoyez les hommes à la camionnette avec les restes de cet animal, et suivez-moi jusqu'au pavillon du disparu. Le sergent Kakou pourra peut-être nous éclairer sur un ou deux points de détail.

Il s'avéra, en effet, que le Canaque, qui avait l'air d'avoir pris ses quartiers de permission au pavillon, torse nu et short calédonien à fleurs, sut répondre aux questions de Combes de façon constructive. Il précisa l'heure à laquelle son commandant l'avait quitté pour la dernière fois — neuf heures moins le quart précisément. Et il identifia facilement le chien noir et blanc que les gendarmes l'emmenèrent voir sur le plancher de leur véhicule, parqué dans la cour de La Giberne.

— Evidemment que je connais ce corniaud, dit Kakou. Je ne sais pas à qui il appartenait, mais il avait pris le commandant en amitié, et surgissait presque tous les matins au moment de partir en balade. Le commandant l'avait baptisé Tom ; il m'avait dit que c'était un aussi bon garde du corps que moi.

— Vendredi matin, demanda Combes, Tom était-il là à l'heure habituelle ?

Le Canaque s'accorda le temps de la réflexion. Il ferma les yeux, les rouvrit.

— Je crois que oui, hésita-t-il. Sa présence était si naturelle que je n'ai pas fait attention à lui.

Il parut encore fouiller dans ses souvenirs, ou peut-être cherchait-il les raisons de la mort du corniaud :

— Je voudrais bien savoir, avoua-t-il, si les coups

de fourche donnés à ce chien sont liés au sort de monsieur Delgayroux...

Si l'adjudant fut étonné de la perspicacité du sergent-infirmier, il n'en montra rien. Il haussa les épaules avant de grommeler un au revoir et de tourner les talons. Il se posait exactement la même question.

10

En rentrant à pied de la messe, les Delgayroux trouvèrent dans la cour de La Giberne, serrée contre la rangée de thuyas qui limitait le territoire d'Arnaud, une camionnette bleue. Un gendarme était assis sur le marchepied. En voyant cette femme élégante et ces deux hommes d'allure respectable, il se leva d'un bond et salua, à tout hasard.

— Votre adjudant nous fait-il l'honneur de sa visite ? demanda Justin, ironique et amer.

— Pour le moment, le renseigna aimablement le planton, l'adjudant Combes est au village. Je ne sais pas s'il viendra ensuite chez vous. Je suppose que vous êtes monsieur Delgayroux ? Le chef a dit que vous ne verriez pas d'inconvénient à ce que je gare la voiture ici.

— Aucun, répondit distraitement le notaire.

— J'imagine que ce Combes est en train de demander à tout Saint-Rémy qui a rencontré Arnaud vendredi matin, réfléchit Bernard en bourrant sa vieille pipe.

Son frère et lui se retournèrent sur Isabelle, qui éclatait de rire. Elle s'arrêta aussi soudainement, s'excusant d'un petit geste de la main.

— Je sais que la situation n'est pas réjouissante,

dit-elle, mais j'ai pensé à votre mère, dans sa chambre. Heureusement qu'elle ne nous a pas accompagnés. Devinez quelle tête elle ferait en apprenant que la maréchaussée interroge ses serfs sur la vie privée de leurs seigneurs !

— Vous ne devriez pas plaisanter ainsi, ma chère. Vous savez que l'âge la rend chaque jour un peu plus sensible aux petites vexations. Je vais aller la voir là-haut, pour la préparer à une nouvelle visite de cet adjudant de malheur.

Décidément, Justin n'était pas disposé à se détendre. Il disparut dans le vestibule, les joues pâles et le sourcil froncé. Isabelle retint son beau-frère avant qu'il n'entrât à son tour.

— Déjeuneras-tu avec nous ? murmura-t-elle. Je voudrais te parler discrètement.

Bernard scruta sa belle-sœur avec attention. Depuis vingt ans qu'ils se voyaient pratiquement tous les jours, ils étaient devenus de vrais amis, peut-être parce qu'ils étaient tous deux d'une génération plus jeune que celles de Justin et d'Alice. Jamais cette amitié n'avait glissé vers l'équivoque, bien que le notaire fût persuadé que son benjamin nourrissait de tendres sentiments à l'égard d'Isabelle. En fait, celle-ci avait appris à apprécier les conseils de patience que prodiguait Bernard, sa discrétion au sujet des aventures qu'elle menait à Paris ou à Toulouse, et qu'elle lui confessait. Elle savait aussi qu'il était son allié dans la lutte sourde qui l'opposait à la Douairière.

Ce matin, elle le regardait avec un sérieux inhabituel où se cachait un brin d'angoisse.

— J'avais prévu d'aller déjeuner chez les Ducros à Cénac, dit-il, mais je resterai, si tu y tiens. Ils ne feront pas une maladie si je me décommande.

Elle secoua la tête.

— Non, décida-t-elle, ne change rien à tes projets. Essaie de rentrer vers quatre heures et arrête-toi à l'église. Je t'y attendrai.

Bernard l'assura qu'il en ferait ainsi. Tout en notant que le domaine du brave curé devenait un lieu de rendez-vous fort pratiqué, si l'on ajoutait foi aux élucubrations épistolaires d'Arnaud.

Il alla tout droit vers sa Simca pendant qu'Isabelle entrait à son tour dans la maison. Il n'avait aucune envie de rester à La Giberne, où il trouvait que le numéro de l'adjudant, la veille au soir, avait créé une ambiance insupportable. Sa belle-sœur paraissait étrangement sur la défensive ; Justin, plus muet encore que d'habitude, semblait tantôt inquiet, tantôt soupçonneux ; Alice, qui avait exigé ce matin une auscultation, justifiée prétendait-elle par le choc moral qui lui avait été infligé, se disait prête aux pires excès si ce godelureau de gendarme remettait les pieds chez elle. Bernard pratiquait depuis si longtemps l'absentéisme qu'il n'avait nulle intention, ce dimanche-là, de supporter davantage l'humeur sombre des membres de la famille.

Il avait mal dormi, tourmenté par les explications qu'il tentait de trouver à la disparition d'Arnaud. La messe lui avait paru longue, malgré la hâte du père Espadaillac. Assis sur une chaise du premier rang marquée d'une plaque au nom des Delgayroux, il avait senti sur ses épaules le poids du regard des fidèles, certainement plus intéressés par l'agitation policière à l'extérieur que par la liturgie. Pour finir, cette tension qu'il venait de lire dans les yeux d'Isabelle l'inquiétait.

Il haussa les épaules en s'asseyant dans sa voiture. Le ronronnement de son moteur obéissant lui rendit en partie son flegme. Le crissement du gravier sous les roues, pendant qu'il manœuvrait en sortant du hangar pour se retrouver face au portail ouvert, acheva de le calmer.

Avec urbanité, il répondit de la main au salut du gendarme, à nouveau dressé auprès de sa camionnette.

Si le ciel avait été moins bleu, ou si son énervement avait persisté, sans doute le médecin eût-il évité deux rencontres désagréables. Mais, justement, le soleil brillait de mille paillettes sur le miroir de l'étang, agité par un petit vent d'ouest qui faisait voler de légers nuages gris au-dessus des prés, vers Toulonjac.

Bernard choisit de rouler lentement. Un peu parce qu'il voyait, cent mètres devant, un char à foin sortir de la ferme du père Sudre, jamais pressé de faire garer ses bœufs. Un peu aussi pour profiter du paysage serein, qui l'enchantait depuis son enfance. Il ralentit encore en arrivant à hauteur de l'attelage ; le chemin qui constituait l'unique rue de Saint-Rémy, jalonné de tilleuls, n'était pas assez large pour autoriser des dépassements rapides.

Quand le capot de la Simca arriva à sa hauteur, Sudre toucha ses bœufs pour éviter une embardée de sa charrette et salua « monsieur Bernard » avec dignité. C'était un paysan traditionaliste, qui refusait les conquêtes modernes du monde campagnard. Sa ferme n'avait été équipée de l'électricité qu'en 1948, la dernière du canton ; il avait refusé une fois pour toutes d'acheter un de « ces foutus tracteurs qui puent et font peur aux bêtes » ; il restait fidèle aux vêtements d'autrefois, blouse noire courte pour la semaine, pantalon de velours et chapeau de feutre à large bord. Ses yeux clairs et purs dans un visage maigre, ridé et cuit par le soleil, ses moustaches blanches tombant sur ses lèvres minces achevaient d'en faire, pour Bernard, l'image d'un de ces patriarches un peu pisse-froid débarqués sur les côtes de Nouvelle-Angleterre, comme en montraient les films américains. Comme eux aussi, il était volontiers sentencieux, et n'hésitait pas à se mêler des affaires d'autrui, quand il les estimait contraires à la morale.

Sa Simca étant quasiment arrêtée, Bernard se crut obligé de baisser sa vitre et de répondre au bonjour du vieil homme.

— Eh bien, Sudre, dit-il aimablement, voilà que vous allez travailler un dimanche ?

— Ma foi, répondit l'autre, j'ai pas confiance dans ce vent. Des fois qu'il mouillerait mon foin, je vais en rentrer au moins cette charrette. Déjà qu'il était presque sec vendredi quand j'y suis allé le voir...

— En allant à votre champ, interrogea machinalement Bernard, vous avez peut-être rencontré mon frère Arnaud ? Vous savez bien sûr qu'il a disparu juste ce matin-là ?

Bizarrement, le vieux tourna la tête vers les deux extrémités de la rue, comme pour s'assurer qu'un tiers ne viendrait pas surprendre ses confidences. Il se pencha à la portière et fixa le docteur avec des yeux éclairés par le plaisir de celui qui va raconter une bonne histoire :

— Je peux pas dire que je l'ai vu, souffla-t-il, mais je l'ai entendu. Vous pensez si on reconnaît sa nouvelle voix, à l'Arnaud. Il était dans l'église, et il s'engueulait comme il est pas permis avec monsieur Justin...

— Justin, êtes-vous certain ? sursauta Bernard.

De saisissement, le moteur de la voiture cala, ce qui parut conforter le père Sudre dans l'idée que ces mécaniques ne valaient pas grand-chose. Il ricana avant d'ajouter :

— *Macarel*, évidemment que j'en suis certain. Sa voiture était arrêtée devant le porche. Vous pensez bien que j'ai pas attendu pour savoir ce qu'ils se voulaient, vos frères. Tout ce que je peux dire c'est que le notaire m'a dépassé à la sortie du village. Il roulait comme un fou en tournant vers le pont et la nationale, même que j'ai pensé qu'il allait se foutre dans la rivière.

Une seconde, Bernard ferma les yeux pour digérer la nouvelle. Il hésita à faire demi-tour pour mettre Justin sur le gril. Pourquoi ne lui avait-il rien dit de cette conversation orageuse ? C'était pourtant vendredi soir que son frère aîné, encore assis à la table du dîner, avait affirmé n'avoir pas vu Arnaud depuis plus d'un mois. Pourquoi ce mensonge ?

Il secoua la tête, refusant d'écouter dans sa mémoire la voix du gendarme lisant la lettre du disparu, qui accusait si nettement Justin. Ce ne pouvait être vrai ! Justin avait certainement une explication satisfaisante.

Ce qui retint Bernard de rentrer sur-le-champ à La Giberne fut la mine du vieil homme debout à côté de sa portière. Le visage de Sudre rayonnait, malgré sa prudence campagnarde, d'une jubilation révélatrice ; comme s'il croyait détenir sur le seigneur du lieu un avantage qui méritait des égards. Le docteur ne calcula même pas qu'il fallait se composer une attitude détachée, qui eût au moins atténué la certitude de leur voisin. Il embraya brutalement après avoir relancé son moteur, sans merci ni au revoir, noyant les bœufs dans un nuage de poussière blanche.

Il ne se rendit compte qu'il allait trop vite qu'en voyant grandir devant son pare-brise la silhouette de Maillac, qui traversait la rue devant sa maisonnette pour aller porter son pliant au bord de l'eau. L'éclopé resta figé, en levant les mains par réflexe, pour se protéger. Sans doute les images de l'accident qui l'avait estropié et enrichi repassaient-elles devant ses yeux écarquillés. Il ne fit pas d'autre effort pour éviter le choc, pendant que les freins de la Simca grinçaient à la mort et que les pneus glissaient sur la terre battue.

La voiture s'arrêta à quelques centimètres des tibias de Jules. A croire que le risque devenait pour lui une habitude, ce fut lui qui reprit le premier ses esprits. Il apostropha presque gaiement le conducteur encore crispé à son volant.

— *Macarel dé diou! Té fas oupa ou pos*! Tu fais ça en fermant les yeux!

— Pardonnez-moi, Maillac, souffla Bernard à sa portière. Est-ce que vous n'avez rien? Ça va?

Jules s'esclaffa lourdement devant le visage blanc de craie penché à la vitre.

— Allons, docteur, vous êtes pas le premier médecin qui essaye de tuer un de ses malades! Vous en faites pas, ça ira.

Comme le véhicule tardait manifestement à repartir, il ajouta, sans aucune intention menaçante, juste pour plaisanter :

— Et roulez pas trop vite, hein, monsieur Bernard! La gendarmerie est dans nos murs!

— Ecoute, Justin. Je suis prêt à reconnaître que tu as fait de gros efforts pour accueillir Arnaud et lui offrir un logement décent et aussi discret qu'il l'avait demandé. Je sais aussi que ses aventures ne lui ont pas arrangé le caractère. Mais je voudrais comprendre ce qui s'est passé avant-hier matin. Quand Sudre m'affirme que vous vous êtes rencontrés dans l'église à l'heure où tu pars généralement pour Villeneuve, en ajoutant que vous vous engueuliez ferme, je me demande pourquoi tu ne m'en as rien dit le soir même, en me parlant de la première visite de ce gendarme. Pourquoi t'es-tu arrêté pour parler à Arnaud? T'attendait-il? Pourquoi avoir menti à l'adjudant hier ? Enfin, toi qui ne sors jamais de ton étude, qu'es-tu donc allé faire vendredi à dix heures du matin dans les bois de la route de Sainte-Croix ?

Le notaire, que son frère avait trouvé à cinq heures de l'après-midi tapi comme une araignée dans la pénombre de son bureau, avait la mine défaite. Il avait à peine levé les yeux sur Bernard, qui avait débité cette longue suite de reproches sans même s'asseoir.

— Je ne savais pas, dit-il, que mon propre frère enquêtait sur mes faits et gestes. Si tu veux bien écouter mes explications, tu ferais mieux de t'installer dans ce fauteuil.

— Je préfère bouger, si ça ne te gêne pas, s'énerva Bernard. Mais vas-y, je t'écoute.

Il avait eu une dure journée, de ses rencontres du matin au déjeuner à Cénac et aux confidences d'Isabelle, une heure plus tôt. Après avoir fermé la porte, il se mit à déambuler dans le bureau, mains aux poches. Autrefois, la pièce avait dû servir de cellier ou de réserve à vivres. Il en restait de profondes niches maçonnées qui avaient été transformées en bibliothèques, où s'alignaient d'austères volumes reliés de cuir sombre. Il y avait peu de meubles, hors le massif bureau campagnard, fait d'un bois d'arbre fruitier, et deux fauteuils assortis, tendus de reps grisâtre, qui se faisaient face, de part et d'autre du plateau encombré de dossiers empilés. Entre les niches pleines de livres, les panneaux de mur simplement blanchis à la chaux ne présentaient chacun qu'une seule ou deux gravures sous verre.

Bernard s'arrêta devant le portrait du fondateur de La Giberne. En uniforme de capitaine de la Garde, Modeste Delgayroux, peut-être par mimétisme avec son empereur, avait une main glissée entre deux boutons de son gilet, à hauteur de l'estomac. Il fixait sur son descendant un regard que l'artiste n'avait pas réussi à rendre expressif. Le dernier membre de la famille lui trouva l'air revêche, en parfait accord avec son humeur personnelle.

— Je t'écoute, répéta-t-il avec impatience.

— Je ne sais pas comment cette histoire a pu en arriver à ce point, graillonna derrière lui la voix fatiguée de son aîné. Tout a commencé quand Arnaud s'est arrangé pour rencontrer Isabelle.

— Je croyais que tu n'étais pas au courant, interrompit l'accusateur.

— Je n'ai jamais voulu mettre en doute l'honnêteté de ma femme, ni la gêner en ayant l'air de la questionner. Simplement, il y a plus d'un mois, j'ai reçu à Villeneuve une petite lettre non signée m'avertissant qu'elle voyait de nouveau celui que mon aimable informateur appelait « son ancien galant ». J'aurais bien préféré traiter ce billet par le mépris ; après tout, compte tenu des mutilations qu'a subies Arnaud, je savais qu'il ne pouvait guère y avoir de suites graves à ces retrouvailles. Et puis, jeudi dernier, j'ai reçu un nouveau torchon, toujours anonyme, m'avertissant — je te cite — que « les deux tourtereaux avaient rendez-vous le lendemain matin dans l'église de Saint-Rémy ».

— Bien sûr, dit Bernard incrédule, tu as jeté ces deux lettres.

— Absolument pas, répliqua Justin ; je les ai soigneusement conservées. Tu les trouveras dans ce tiroir.

Il attendit que son frère eût ouvert nerveusement le tiroir désigné et se fût emparé des deux missives. Elles avaient été écrites d'une main sûre, sur des feuilles de papier courant, sans faute d'orthographe. « Décidément, songea Bernard, on écrit beaucoup dans cette affaire. » Mais l'existence de ces dénonciations n'innocentait aucunement un mari qui se serait cru bafoué. Tout juste expliquait-elle qu'il se fût précipité au rendez-vous fixé.

— Je crois comprendre, dit-il d'une voix moins tranchante. Tu as découvert Arnaud dans l'église en partant à ton étude. Vous vous êtes violemment pris de bec et tu l'as assommé, parce qu'il te narguait. Ensuite, affolé, tu l'as chargé dans ta voiture et tu as foncé jusqu'à Sainte-Croix pour t'en débarrasser dans les bois.

Etrangement, maintenant que les mots définitifs avaient été prononcés, le docteur se sentait presque soulagé. Il fut cependant étonné de constater que Justin le regardait d'un œil plus peiné que contrit, de l'air de l'aîné qui regrette de constater que le benjamin de la famille a encore manqué de jugeote.

— Ta rapidité à sauter aux conclusions t'expliquera pourquoi j'ai menti, par omission, devant toi avant-hier et devant ce gendarme hier soir, continua posément le notaire. Il est vrai que j'ai trouvé Arnaud dans l'église, et que nous avons échangé une nouvelle fois des mots définitifs. Du genre « Tu es un salaud, je t'interdis de chercher à revoir Isabelle », de ma part ; et « Tu n'es qu'un voleur, je te détruirai », de la sienne. Mais je t'assure que je l'ai quitté bien vivant. Quant à ma petite virée à Sainte-Croix, elle était toute professionnelle. J'y suis allé en compagnie de Roblot, le marchand de bois de Villeneuve, qui m'avait demandé d'estimer la coupe qu'il veut acheter là-bas. Tu pourras lui demander s'il m'a aidé à me débarrasser d'un cadavre.

Un long silence suivit cette mise au point. C'était cette fois Justin qui était soulagé d'avoir vidé son sac. Toujours debout, Bernard avait tourné le dos à son frère, honteux de ses soupçons. Sans le voir, il faisait face à un autre sous-verre ; c'était l'agrandissement d'une photographie d'avant-guerre, qui montrait les trois frères Delgayroux, deux petits garçons en culottes courtes encadrant un jeune homme trapu, qui portait moustache et panama.

Ce souvenir, vieux de plus de trente-cinq ans, augmenta encore les remords du docteur.

— Je voudrais, commença-t-il, que tu me pardonnes ce scénario complètement démentiel. Je ne savais plus…

— Je sais ce que tu as pensé, coupa l'aîné. Toutes les apparences sont contre moi. Je n'arrête pas de me dire que je devrais m'expliquer franchement avec cet adjudant Combes. Il ne manquera certainement pas de témoins pour m'avoir entendu discuter avec Arnaud, ou pour l'avoir vu en compagnie d'Isabelle. Au fait, comment as-tu su que j'étais allé à Sainte-Croix ?

— J'ai déjeuné chez les Ducros. René m'a dit incidemment avoir vu ta voiture là-bas.

Justin hocha la tête.

— C'est une chance que j'aie eu un témoin pour cette fin de matinée, constata-t-il.

Bernard ne savait comment adoucir l'amertume qu'avait dû causer à son frère sa propre facilité à le croire coupable. Justin n'avait apporté aucune preuve de son innocence, mais le naturel de son récit avait paru convaincant.

— Tu n'es pas le seul à souhaiter te confesser au gendarme, lâcha-t-il, bien qu'il eût promis le secret à sa belle-sœur une heure plus tôt. Isabelle aussi s'en veut d'avoir voulu t'épargner une vexation hier soir en affirmant n'avoir revu Arnaud qu'une seule fois depuis son retour. En réalité, elle l'a rencontré trois autres fois sur son chemin, comme s'il la guettait, m'a-t-elle dit. Elle affirme que, loin de chercher à raviver des sentiments enfuis, il s'est montré de plus en plus hargneux.

— Pourquoi donc la lettre anonyme que j'ai reçue prétend-elle le contraire ?

Bernard s'assit dans le fauteuil en face de son frère. Après cette longue journée d'enquête involontaire, qui ne lui avait apporté que trouble et chagrin, il se sentait enfin capable de réfléchir. Le désarroi qu'il devinait dans les yeux de Justin semblait lui abandonner la responsabilité de défendre la famille.

— Quelqu'un a peut-être voulu te rendre furieux, hésita-t-il. Quoi qu'il en soit, je te donnerai le même conseil qu'à ta femme ; téléphone à la gendarmerie de Villefranche et demande à faire une nouvelle déposition.

11

Robert boudait dans sa chambre, parce que son père avait refusé de creuser un trou dans le jardin, pour récolter des vers de terre destinés à une matinée de pêche. Thi-Ba somnolait fiévreusement dans son lit. Son frère avait doctement expliqué qu'elle avait une indigestion d'avoir mangé trop de cerises à midi, «sans cracher tous les noyaux», avait-il précisé. Claire s'affairait bruyamment dans sa cuisine, sans chantonner comme d'habitude; sans doute se souvenait-elle avoir refusé le pardon à son lâcheur de mari. Combes était revenu de Saint-Rémy à quatre heures de l'après-midi, sans même avoir déjeuné. Le calme anormal qui régnait dans son appartement lui parut un don du ciel.

Il avait confié à Vialatte le soin d'expédier le chien mort et les vêtements du disparu au laboratoire d'analyses de Rodez; ces scientifiques sauraient lui dire si les taches de sang sur le pantalon correspondaient au groupe sanguin du commandant Delgayroux, heureusement communiqué par Kakou, et lui fixer approximativement l'heure à laquelle le chien Tom avait été abattu. Le gendarme Berthier avait été chargé de mettre au net le compte rendu de l'interrogatoire du notaire et des siens. Combes était décidé à employer ce qui restait de son dimanche à réfléchir. Accessoirement à établir une hypothèse tenant compte de ce qu'il avait déjà appris.

Il retira sa vareuse, sans s'avouer qu'il était agréable de prendre ses aises. Quinze jours de permission l'avaient amolli, constata-t-il, plus amusé que contrit. Il passa dans la cuisine, prêt à faire retraite s'il était trop mal reçu. Quand il se pencha vers le dos de Claire pour l'embrasser dans le cou, elle se déroba vivement.

— Toujours fâchée? demanda-t-il en forçant la note d'étonnement ingénu.

Elle n'était pas dupe. Claire n'était jamais dupe de ses mimiques, de ses fausses colères ou des artifices qu'il employait pour la tenir à l'écart. Elle se retourna et le regarda avec sérieux :

— Thi-Ba est malade.

— Elle a mangé trop de cerises, je sais.

— J'ai envie de faire venir le docteur Martin.

— Pas de toubib aujourd'hui, trancha-t-il. Ce soir, la diète suffira. On verra demain s'il faut opérer notre fille de l'appendicite, ajouta-t-il avec un sourire dans l'œil. Aujourd'hui, je veux une maison calme, pour pouvoir travailler tranquillement.

— Ce qui veut dire que tu ne comptes pas repartir en expédition.

Il acquiesça de la tête.

— Alors, conclut Claire, je te pardonne.

Elle s'approcha dangereusement, pour faire la paix.

Cette fois, ce fut Joseph qui s'écarta.

— Contente-toi donc de me mitonner un dîner roboratif, rit-il en reculant. Je n'ai pas déjeuné et j'ai une faim à dévorer un cheval. Je suis vanné et j'ai besoin de réfléchir.

Il ne fut pas assez prompt à refermer la porte. Claire l'avait suivi dans le salon. Elle se percha sur le guéridon, à côté de son fauteuil de chef de famille ; coudes aux genoux et menton sur les poings, dans sa pose habituelle de confidente.

— Allons, dit-elle, raconte-moi comment se présente ton histoire de militaire disparu.

Combes savait commettre une grave indiscrétion en étalant devant Claire tous les secrets de son enquête. Ils s'étaient déjà disputés de nombreuses fois sur ce sujet. Claire n'admettait pas d'être traitée de « personne étrangère au service », affirmant que les femmes de gendarmes, vivant auprès de leurs époux suivant des règlements contraignants et des horaires erratiques, ne méritaient pas d'être laissées à l'écart quand le travail devenait intéressant. Joseph n'avait pas pu résister aux arguments de sa femme ; il avait donc pris un parti raisonnable : contre sa promesse de ne jamais intervenir devant des tiers, il réfléchissait à voix haute avec elle à la solution de ses problèmes.

Cette fois encore, il essaya de ne rien oublier. Claire connaissait déjà le décor, il lui présenta les personnages, retrouva leurs phrases au mot près, donna ses propres impressions sur leur facilité à lui répondre, sur leur franchise, leurs colères, leur peur. Il cita quelques passages révélateurs de la deuxième lettre du disparu. Il expliqua même avec quelle retenue, inspirée par le procureur, il avait commencé ses recherches. Ce qui déclencha la seule interruption de son auditrice :

— Il appelle retenue le dressage en force d'une vieille dame, bravo !

Insensible à l'ironie, il se mit à établir la chronologie des faits, gribouillée sur une feuille sortie de sa sacoche.

« Mardi matin, Arnaud a rendez-vous avec Isabelle. Elle lui apprend que Justin sait tout de leur nouvelle idylle. »

« Mercredi, il ne sort pas et m'écrit deux lettres qu'il confie à son infirmier. Celui-ci m'apporte le jeudi la lettre numéro un. Jusque-là, tout ce que je sais, je le tiens de Kakou ; avec une vague confirmation du curé et d'un certain Sudre, d'après les dires de Maillac. »

« Vendredi matin. Huit heures, Arnaud parle à Juliette Pistoulet et à Kakou devant chez lui. Serait accompagné du chien Tom. Prétend se rendre à un rendez-vous à l'église. Et plus personne ne le voit ensuite (renseignement Kakou). Avant neuf heures le même jour, Bernard part en voiture pour son cabinet ; Justin passe en retard devant la maison de Maillac, la dernière du village (renseignement Maillac). A dix heures passées, Maillac n'a toujours pas vu Arnaud partir en promenade. Dans l'après-midi, monsieur Combes, qui a reçu la lettre numéro un, se présente à La Giberne. Surprise de madame Justin. Le pavillon d'Arnaud est vide (ou seulement fermé ?), Kakou et la 2 CV sont invisibles. »

« Samedi matin, deuxième visite de l'adjudant Combes. Bernard apprend de l'infirmier la disparition d'Arnaud et veut avertir sa famille. Interrogatoire de Juliette Pistoulet, du sergent Kakou, du curé Espadaillac. Rentré à la brigade, l'adjudant prend connaissance de la lettre numéro deux et rend compte au procureur Lespart. Début de l'enquête officielle. Vers seize heures, Suzanne Pistoulet partie aux champignons voit un inconnu déposer un paquet près du bord ouest de l'étang et disparaître dans l'eau. Vers dix-sept heures trente, Juliette et Albert Pistoulet, à la recherche de Suzanne, découvrent les vêtements du disparu. Juliette avertit Kakou qui vient prévenir la brigade. Bernard présent avec la moitié de Saint-Rémy sur lieu de la trouvaille, quand Suzanne raconte son aventure. Vingt heures, interrogatoire général à La Giberne de la famille Delgayroux groupée.»

«Dimanche matin, fouille du bord ouest de la mare, découverte du chien Tom tué vraisemblablement à coups de fourche. Interrogatoire Maillac et Kakou.»

Combes s'attendait au moins à une manifestation d'intérêt. Le silence de Claire lui parut de mauvais augure avant la visite qu'il avait projeté de faire le lendemain au procureur Despart.

— Te manque-t-il quelque chose? demanda-t-il.

Claire soupira.

— Je voudrais d'abord savoir ce que tu cherches, dit-elle. Si j'ai bien saisi la raison de tout ce remue-ménage, tu souhaites retrouver ton vieux soldat. Mort ou vif. Evidemment, d'après sa lettre et les traces de sang sur son pantalon on peut s'attendre à ce que ce soit mort. Alors, oui, il manque quelque chose! Le corps de la victime.

Joseph regarda sa femme avec ironie et admiration.

— Sais-tu aussi où je dois le chercher, avec quelques chances de le trouver?

— Dans la mare, naturellement. Pourquoi aller cacher un cadavre au loin, alors qu'il y a deux hectares d'eau boueuse à proximité immédiate?

— Par moments, dit Combes, je me demande pourquoi je ne t'emploie pas officiellement comme enquêtrice. Tu convaincrais le sombre Lespart beaucoup mieux que moi. Je vais justement lui demander demain matin des moyens supplémentaires pour fouiller la mare de Saint-Rémy.

— En somme, dit Claire d'un air fâché en descendant de son guéridon, je ne te sers à rien. Tu as déjà projeté ce que tu devais faire avant de me demander mon avis!

— Normal. Je suis quand même le chef. Et un

chef qui a besoin de toi pour résoudre mon autre problème. Découvrir la victime d'un meurtre ne suffit pas, ma chère. Il faut aussi désigner son assassin et prouver sa culpabilité.

Versatile, sa femme battit des mains et s'assit carrément sur ses genoux.

— Là, ça devient amusant ! Par qui commençons-nous ?

Il la repoussa vivement et se releva du même coup.

— Il y a beaucoup trop de coupables possibles pour en discuter maintenant, dit-il en évitant une main possessive qui cherchait à caresser ses cheveux. Arnaud a désigné son frère Justin. Il semble qu'il avait un mobile et, peut-être, l'opportunité d'assommer l'autre à l'église et de le fourrer dans le coffre de sa voiture. Mais je doute qu'il ait eu le culot de le faire, en plein jour au risque d'être surpris. Je ne vois pas pourquoi il aurait tué le chien ; il n'a sûrement pas l'habitude de se servir d'une fourche. Et je ne comprends pas non plus pourquoi il aurait été déposer les vêtements du mort là où on devait sûrement les trouver ; ni comment il serait rentré à la nage en vue de tout le village.

— Bref, tu le crois innocent ?

— Non, j'attends que les choses se décantent. Pour lui comme pour ce sergent canaque. Il est un peu trop présent dans mon enquête, ce Kakou. Il aurait pu manigancer le coup des lettres, se débarrasser n'importe quand de son malade et raconter une triste histoire de jalousies familiales pour faire soupçonner quelqu'un d'autre.

— Pourquoi aurait-il fait ça ?

— Premier mobile possible, l'argent. C'est lui qui tenait les comptes du « ménage », qui recevait les mandats, demandait de l'argent au notaire. Arnaud l'aurait fait casser s'il avait surpris ses malversations. Autre mobile, l'ennui. Saint-Rémy n'est peut-être pas un paradis aux yeux d'un Canaque. Enfin, il aurait pu être poussé au crime par quelqu'un d'autre. Une femme comme Isabelle, cherchant à faire cesser les assiduités de son ancien fiancé, qui menaçait de détruire son ménage. Je ne pense pas qu'elle aurait pu réussir seule, mais avec l'aide de Kakou... Ou, tout aussi bien, avec l'aide de Bernard, manifestement son homme lige. Dans un mouvement de colère, ce docteur serait très capable de trucider quelqu'un qui se mettrait entre lui et la femme dont il rêve depuis vingt ans.

Claire ne se sentait plus en veine de tendresse. Elle ne reconnaissait pas son Joseph plein de chaleur et de gaieté quand il se laissait aller à sa passion de limier, entêté, froid, calculateur prêt à exploiter la moindre faiblesse de son gibier.

— Je te laisse avec tes intrigues tortueuses et tes malheureux suspects. J'ai mon dîner à préparer, dit-elle en disparaissant dans sa cuisine.

Combes tourna le dos à la porte refermée et donna un coup de semelle enfantin au pied de son fauteuil. La sensiblerie de sa femme le remplissait d'amertume.

— Oui, grommela-t-il, ça devient amusant ! Je n'ai pourtant pas encore cité mes autres coupables potentiels. La vieille Alice, méchante comme la gale, capable d'avoir soudoyé n'importe qui dans le village pour supprimer ce fils qu'elle haïssait. Le père Pistoulet, qui aurait appris qu'Arnaud tentait de dévoyer sa Juliette ? Ou n'importe quel homme du village, pour n'importe quelle bonne raison !

Il resta debout, mains aux poches, les épaules voûtées sous le poids du travail qui s'annonçait.

12

Alice Delgayroux avait décidé de ne pas daigner paraître hors de sa chambre de toute la journée. Elle n'en avait pas pour autant renoncé à ce qu'elle appelait ses «grandes manœuvres». Trois heures qu'elle perdait quotidiennement à tenter de faire oublier son âge. Peu à peu, au fil des années, la durée des ablutions, trempages de mains, applications de crèmes variées, pour raffermir, sécher, ramollir la peau, effacer les tavelures, ou défroisser les rides, avait dévoré son temps libre. Elle ne vivait plus pour le plaisir de vivre mais pour l'amère satisfaction d'obéir à sa discipline de vie.

A dire le vrai, elle vivait aussi parce qu'elle mesurait avec gourmandise le déplaisir que sa présence causait à ceux qu'elle rencontrait. Eût-elle dû cohabiter avec des indifférents, sans réactions devant ses piques et sa morgue, qu'elle n'eût certainement pas lutté plus longtemps. Mais, comme certains miroirs ont besoin de lumière noire pour renvoyer des feux aveuglants, elle réfléchissait avec bonheur les rayons de méchanceté pure que suscitait son seul caractère chez son entourage.

Dans la mémoire de ses fils, elle n'avait jamais été une mère tendre. Même pas une mère prête à pardonner les errements de conduite propres à des garçons heureux de se retrouver en vacances à la campagne après des mois de pensionnat. Fils unique pendant douze ans, Justin avait subi cette autorité sèche sans penser à se défendre. Son caractère s'était orienté vers la prudence ; ses élans avaient été soigneusement masqués et le goût de la sécurité avait fini par éteindre ses envies de liberté. Introverti et passablement sournois, il s'était fait au cours de son adolescence à l'idée de succéder à son père, lui aussi soumis à la règle de l'intraitable Alice.

Vivait alors à Villeneuve, dans un des appartements situés au-dessus de l'étude, un certain Louis Moscato. Premier clerc de maître Delgayroux, ce Moscato était âgé de trente-cinq ans et beau garçon à faire damner une princesse. Justin s'aperçut vite, dès sa première année de stage, que monsieur le premier clerc entretenait avec sa mère une intrigue comme il s'en ourdit en province, où l'ennui tient plus de place que la passion. Louis Moscato ne se prenait pas pour Julien Sorel, ni Alice pour Messaline. Leurs ébats réguliers n'en occupaient pas moins quelques conversations, au cours des dîners bourgeois de Villeneuve et des environs. Pour sa part, le notaire affectait d'ignorer son déshonneur le plus longtemps possible.

Justin se posait des questions sur la naissance de son frère Arnaud, de douze ans son cadet, davantage encore sur celle de Bernard, survenue trois ans plus tard. « Oncle » Louis, qui venait dîner les mercredis et dimanches à La Giberne, avait perdu beaucoup de sa séduction. Alice commençait à vieillir et le trouvait ennuyeux. C'est alors qu'une campagne de lettres anonymes vint faire exploser la tranquillité des Delgayroux. Au cours des mois de juillet à novembre 1936, sept missives particulièrement crues arrivèrent chez le notaire, le curé de Villeneuve et le maire, vieil ami de la famille. Ne pouvant plus feindre l'ignorance, le mari bafoué remercia sur-le-champ son premier clerc, qui fut invité à aller se faire pendre le plus loin possible. Moscato parti, Alice musela le curé par une confession de tragédienne, puis s'assura le silence du maire, qui la prenait maintenant pour une grande amoureuse, grâce à des promesses de félicités qu'elle ne tint jamais. Le scandale s'éteignit moins de six mois plus tard, quand le notaire, ravagé par son malheur autant que par les suites d'une cirrhose, mourut dans son lit comme un patriarche, entouré des siens.

Justin devint tout naturellement notaire en titre en même temps que chef de famille. Son premier acte d'autorité fut d'annoncer à sa mère qu'elle n'en avait plus aucune dans sa maison. Persuadée qu'elle saurait encore manœuvrer ce garçon sans caractère, elle ne manifesta ni dépit ni rancœur, et s'installa dans son douaire.

Il n'en fut pas de même quand elle apprit qu'Arnaud, dont le physique lui rappelait le Moscato d'autrefois, était décidé à s'engager dans l'armée. Outre que depuis Modeste Delgayroux l'état militaire était décrié dans la famille, Alice avait nourri d'autres ambitions pour son fils préféré. Elle le convoqua dans sa chambre, sûre qu'elle saurait le faire changer d'avis.

Assise en cet après-midi de dimanche dans le fauteuil crapaud qui faisait face à sa coiffeuse, la vieille dame ferma les yeux en essayant de se rappeler tous les détails de cette entrevue vieille de plus de vingt-sept ans. Elle se regarda ensuite dans la glace, cherchant à retrouver, sous les bigoudis dont l'avait affublée tout à l'heure cette sotte de Suzanne Pistoulet, l'éclat de son visage d'autrefois, quand elle avait tenté de raisonner Arnaud. Ses mains plissées couvertes de crème frémirent à l'évocation de ses réponses et de ses insultes :

— Ne croyez pas, avait-il dit, avec un mépris qu'elle ne pardonnait toujours pas, que j'ignore que père est mort de chagrin à cause de vos coucheries. Non contente de vous payer son employé, vous vous êtes amusée à raconter vos saletés à tout le monde. Je le sais. Je traîne dans ma poche le brouillon de la lettre que vous avez écrite au curé, que j'ai subtilisé dans votre corbeille à papier. Voulez-vous que je vous en lise une ligne ? Le passage où vous parlez de vos seins qui durcissent sous les caresses de Louis, par exemple ?

— Assez, avait-elle crié. Je t'interdis…

— Vous ne pouvez plus rien m'interdire, avait-il craché. Si vous cherchez à m'empêcher de faire ce que je veux, je montrerai mon bout de papier à Justin et à Bernard, qui ne savent pas encore que c'est vous qui avez écrit ces torchons. Adieu. J'espère que vous crèverez avant que je revienne à La Giberne !

Seigneur ! Comme elle avait été furieuse après cette scène. Pas chagrinée, ni atterrée. Seulement, incommensurablement furieuse !

Aujourd'hui qu'Arnaud avait disparu, à ce que racontait ce petit gendarme impoli, elle cherchait vainement dans son miroir, à côté du sien, le reflet du visage coléreux et méprisant de son garçon. Sa fureur, entretenue depuis toutes ces années, avait disparu. Pour la première fois, elle s'avoua qu'elle était vieille.

Machinalement, elle essuya ses mains à la serviette éponge que lui avait laissée Suzanne, et entreprit de décrocher de ses cheveux ces bouts de ressort ridicules. Elle admettait la vieillesse, mais pas ses servitudes. Dorénavant, se promit-elle, je ne perdrai plus mon temps à corriger les erreurs de tout le monde. Elle apostropha son image :

— Profite du temps qui te reste à vivre, Alice !

Bernard, qui sortait du bureau où son frère lui avait raconté comment il avait occupé la journée de vendredi, avait décidé de passer chez sa mère avant le dîner. Après tout, elle pouvait avoir réellement besoin de soins. Il frappa au chambranle, comme il le faisait depuis quarante ans, après avoir d'une main relevé la mèche qui lui tombait sur le front. La voix qui lui cria « Entre » était la même que quarante ans auparavant. Claire, aigre et autoritaire.

De tradition les dîners du dimanche à La Giberne étaient dénués de tout décorum. Angèle Doucisse, qui servait depuis quinze ans chez les Delgayroux comme cuisinière, avait réclamé « son dimanche » à Isabelle. Elle l'avait obtenu, mais, jalouse de toute personne entrant dans sa cuisine, elle revenait quand même après la messe préparer le repas de midi. Elle ne quittait la maison qu'après qu'Isabelle fut venue suivant une vieille habitude la féliciter sur l'onctuosité de son cassoulet, que « monsieur Justin » avait particulièrement apprécié, ou sur le goût vanillé de la crème anglaise, dont « madame Mère » avait avalé trois assiettées. Angèle changeait alors de chaussures, inspectait son antre comme si elle devait partir aux antipodes, et se lançait dans un parcours de trois cents mètres qui la menait à la ferme de son oncle Jean, située entre la maison Sudre et l'église. Elle trouvait ses cousines vulgaires, et passait son après-midi à tenter de leur apprendre les recettes de cuisine qu'elle tenait de sa maîtresse. A son idée, c'était du temps perdu. Elle eût préféré rester à La Giberne pour concocter un repas chaud. Mais elle ne voulait pas déroger : les serviteurs avaient droit à une journée de congé par semaine. Les Delgayroux devaient donc se contenter le dimanche soir d'un buffet froid dressé sur la maie du salon depuis le matin.

En se retrouvant après cet après-midi de réflexions, de confessions et de résolutions difficiles, Justin et Isabelle n'avaient rien à se dire. Elle ne croyait pas que Bernard eût répété ses confidences à son mari ; lui craignait que son frère ne fût allé tout droit raconter à Isabelle l'histoire de la dispute dans l'église. Un instant, il fut sur le point de prendre la main de sa femme et de lui avouer par où il était passé depuis deux jours. Mais la routine familiale n'était pas favorable à ces étalages de sentiments. Il se contenta de dire qu'il n'irait pas le lendemain directement à l'étude.

— Je dois d'abord passer à Villefranche. Une démarche que j'avais oubliée. Si vous avez une course à me confier...

Elle le regarda avec curiosité, comme si elle avait deviné quelle était cette démarche.

— Je profiterai volontiers de votre voiture, dit-elle. Je n'en aurai pas pour longtemps. Vous me ramènerez en repartant à Villeneuve.

Le pas de Bernard, descendant l'escalier, vint à point masquer la fin de cette brève conversation. Ils tournèrent tous deux la tête vers la porte. « Si Bernard ne trouve pas quelque chose d'intelligent à raconter, pensa Isabelle, je vais craquer. »

Peut-être eût-elle quand même préféré entendre son beau-frère prononcer d'autres mots que ceux qu'il détailla, avec la précision d'une annonce solennelle, dès qu'il entra dans le salon.

— Mes enfants, j'ai le regret de vous dire que madame Mère a eu une attaque !

— Bon Dieu ! s'affola Justin. Est-elle morte ?

— Elle n'est pas paralysée, au moins ? s'enquit Isabelle qui s'imaginait déjà les modifications de service qu'il faudrait apporter dans la maison.

Bernard les dévisagea avec affection. Depuis qu'il avait découvert l'état d'Alice, il aurait parié que ces deux-là allaient réagir comme ils venaient de le faire. Ils étaient si faciles à percer à jour, le grand chef jamais convaincu d'être tout à fait le maître et la femme qui se voulait moderne et ne pouvait s'empêcher d'entretenir une guerre inutile avec une vieille dame sans pouvoirs.

— Rassurez-vous, dit-il. Elle n'est ni impotente ni mourante. Elle est simplement, comment dire... décalée. Sauf aggravation, actuellement non prévisible, elle va continuer à être autonome. Il faudra seulement la surveiller d'assez près, pour éviter qu'elle ne se lance dans des entreprises trop farfelues.

Justin et Isabelle avaient oublié la gêne qui les avait séparés avant la nouvelle. Le mari et la femme se tenaient les mains, comme pour faire bloc face aux épreuves et aux changements prévisibles.

— Comment se traduit ce décalage? demanda Justin. Veux-tu dire qu'elle est folle?

— Non. Elle n'a rien perdu de son acidité de langage, de son goût pour l'invective, de son raisonnement. Ni de sa capacité à piquer des rages de diva. Simplement, au lieu de vivre aujourd'hui, au milieu de nous, elle s'imagine être de vingt-sept ans plus jeune. Au moment de la mort de notre père. A l'entendre, nous avons à cette époque traversé un drame.

Justin sourit en levant les yeux au plafond. Un assez vilain sourire où se lisait le souvenir de la joie malsaine qu'il avait éprouvée à la conclusion de l'affaire Moscato, puis lors de son intronisation comme chef de famille.

Isabelle se sentait presque vexée de n'être pas au cœur des tourments d'Alice. Vingt-sept ans auparavant, elle n'était rien pour les Delgayroux. Elle n'avait même pas encore rencontré Arnaud. Depuis, son mari n'avait jamais évoqué cet avant-guerre.

— Que raconte-t-elle donc de si terrible ? Croyez-vous que ce soit lié à ce qui nous arrive ces jours-ci ?

Bernard secoua la tête. L'inquiétude causée par le comportement de sa mère, une heure plus tôt, avait fait place à un soulagement tempéré, quand ses examens lui avaient permis de minimiser l'attaque cérébrale qu'elle avait subie. Il n'avait pas eu le temps de se demander si cette attaque avait pour origine l'agitation créée autour de la disparition d'Arnaud.

— Pour tout dire, expliqua-t-il, elle ne m'a pas reconnu. Elle m'a d'abord appelé Louis, en me menaçant de tout raconter à papa. Puis elle s'est mise en colère, m'a traité de petit voyou ; elle m'a interdit de parler de lettres anonymes et a voulu arracher mon bloc d'ordonnances de ma poche en m'accusant de l'avoir volé dans sa corbeille à papier. Ensuite elle s'est un peu calmée ; elle réclamait une certaine Blanche, qui devait finir de la coiffer. J'ai eu grand mal à lui faire prendre un sédatif. Elle dort, maintenant.

Depuis quelques instants, le sourire de Justin avait fait place à l'expression béatement satisfaite du candidat qui vient de trouver dans sa mémoire la réponse à une question d'examen.

— Tu as exactement situé l'époque, confirma-t-il. Cette Blanche, dans la longue liste des femmes qui ont précédé Suzanne Pistoulet, n'a supporté mère que trois mois. Au moment où Arnaud s'est enfui pour s'engager.

Il ne parla pas aux deux autres de cette histoire de lettres anonymes. Mais il se demanda s'il ne devrait pas, le lendemain en remettant au gendarme les deux missives qu'il avait reçues, suggérer qu'elles étaient peut-être de la main du corbeau de 1936.

13

Rendez-vous avait été pris pour dix heures chez le procureur, et il était déjà onze heures moins le quart.

Combes n'avait pas regretté le retard que lui avaient imposé les Delgayroux, venus déposer à la gendarmerie de Villefranche avec une bonne foi retrouvée. L'adjudant n'avait pas été convaincu de prime abord de l'honnêteté de ce retournement, mais la nouvelle version que Justin donnait de ses occupations de vendredi était tellement proche du scénario qu'il s'était inventé (sur une seule observation de témoin comme base de départ, s'il vous plaît !) qu'il admit finalement la véracité de ce témoignage numéro deux.

Il était moins convaincu par ce que racontait Isabelle. Il le lui dit avec une brutalité qui n'était pas dans sa nature et qu'il regretta :

— Madame, j'ai accepté de vous recevoir séparément, vous et votre mari, afin que vous ne soyez pas gênée pour me parler de vos rencontres avec votre beau-frère. Samedi vous en avez avoué une seule. Aujourd'hui vous en êtes à quatre. Demain vous reconnaîtrez peut-être qu'elles étaient quotidiennes. Samedi vous prétendiez vous être quittés en bons termes, Arnaud et vous. Voilà maintenant qu'il vous guettait, vous harcelait avec une hargne fort désagréable. Alors pourquoi n'avoir pas prévenu votre mari de cette détérioration de la situation ? A moins que vous ne l'ayez fait de façon détournée, en lui envoyant un billet anonyme à Villeneuve ? Reconnaissez-vous celui-ci ?

Isabelle s'était calmement penchée vers le bureau de l'adjudant, avait saisi le feuillet entre deux doigts et l'avait examiné avec presque de l'amusement.

— Monsieur, avait-elle dit, je suis sûre que vous retrouverez facilement le papetier qui vend cet article. C'est la maison Robien, à laquelle nous achetons nous-mêmes tout le papier à lettres de la famille. Mais si vous désirez me faire faire une dictée, vous constaterez que ce torchon n'est pas de mon écriture.

— Qui a accès à ce papier ?

— Tous ceux qui entrent dans la maison et qui savent que le premier tiroir du secrétaire, dans le salon, en est toujours garni. J'ajoute que Robien vous dira qu'il vend le même à quarante ou cinquante familles du coin.

Après cette passe d'armes qui avait énervé Combes si elle avait paru soulager madame Delgayroux, il ne restait au gendarme qu'à remercier ces témoins repentis. Il ne leur avait pas marchandé ses encouragements à revenir déposer aussi souvent qu'ils découvriraient dans leur mémoire de nouveaux détails et de nouvelles vérités. Ils s'étaient regardés, dans la salle d'attente de la brigade, avec la confiance d'un vieux couple heureux de s'être retrouvé.

Vialatte, qui n'était pourtant pas un sentimental, les avait suivis de l'œil jusqu'à leur voiture.

— Ils ne sont pas du tout appareillés, avait-il grommelé, mais on sent qu'ils sont habitués l'un à l'autre, et que ça leur va.

S'il y avait quelque chose qui agaçait l'adjudant-chef de brigade au plus haut point, c'était bien d'entendre son adjoint se lancer dans des considérations psychologiques. Quand il claqua la porte de son bureau, le maréchal des logis-chef cligna de l'œil à l'adresse de Berthier, comme pour dire qu'il était content de lui.

Lespart avait peut-être réfléchi à l'affaire que le gendarme lui avait offerte deux jours plus tôt. Il avait cédé à l'enthousiasme convaincant de l'adjudant. Il s'en voulait un peu. Il s'était promis de freiner le plus possible les activités de Combes, et de clore l'enquête si rien ne venait étayer les dangereuses constructions de son limier.

Pourtant, homme de métier consciencieux, il dut admettre que la moisson rapportée ce lundi matin par les enquêteurs méritait qu'il leur accordât un délai acceptable et des moyens suffisants. Il avait l'âme sensible ; le sort du chien Tom, étrangement mêlé à la disparition du compagnon de promenade qu'il s'était choisi, le décida à ne plus mesurer son soutien. Les dépositions successives des Delgayroux montraient assez ce que l'atmosphère régnant à La Giberne avait de glauque ; elles suffiraient à justifier son action face à d'éventuels intervenants au bras long. Il accepta sans ergoter davantage de réquisitionner au profit de Combes une équipe de pompiers de Villefranche, qui aurait pour mission de sonder la mare de Saint-Rémy jusqu'à la découverte du corps du disparu. Comme Claire, Lespart faisait de cette découverte une condition obligatoire au développement du dossier.

— Je ne vous empêche pas de fouiner pendant que les pompiers iront à la pêche, dit-il à Combes. Mais rappelez-vous : je vous donne dix jours pour me trouver un cadavre et m'offrir une piste étayée par des preuves.

Combes remercia, tout en se demandant si le délai serait suffisant pour permettre à quatre hommes armés de gaffes de fouiller efficacement un plan d'eau de deux hectares. Quand il salua pour se retirer, le procureur mit son sourire sur le compte de la satisfaction. Il eût été horrifié de savoir que l'adjudant se demandait s'il devrait « inventer » un cadavre pour augmenter sa créance.

Il eut l'occasion de se le demander un peu plus chacun des jours suivants. Les pompiers détachés de Villefranche étaient de braves gens, mais ils avaient tendance à traiter cette mission à la campagne comme une suite de pique-niques ; il n'y avait pas le feu, et personne ne demandait de secours médicaux d'urgence. D'abord curieux mais distants, les villageois de Saint-Rémy étaient vite devenus des spectateurs amusés des évolutions de la barque gonflable des pompiers.

Combes leur avait fixé comme base de repli la portion de berge la plus proche du pavillon d'Arnaud, dont il avait fait son poste de commandement. Cet éloignement du centre du village n'empêchait pas les badauds de venir proposer, aux manieurs de gaffes, un coup de rouge, une tranche de fromage ou quelques rondelles de cochonnaille. Que la discrétion en souffrît était sans gravité ; les navigateurs ne trouvaient rien, que de vieux rebuts de greniers coulés depuis des lustres. L'ambiance, créée par les plaisanteries de Jules Maillac, les conseils sentencieux du père Sudre ou les sourires de la curieuse Juliette, était portée à la bonne humeur.

Tous les jours de la semaine qui suivit, Combes vint passer une heure ou deux pour faire le point. Ses hommes avaient sondé jusqu'à la dernière cloison du pavillon, et creusé des tranchées au pied de tous les thuyas. Le vestiaire du disparu, au dire de Kakou, n'offrait aucun cintre vide. Il semblait qu'Arnaud avait explosé dans l'atmosphère totalement nu ; il ne manquait ni une paire d'espadrilles ni un sous-vêtement. La seule trouvaille qui fit tiquer l'adjudant fut une réserve étonnamment abondante de boîtes de conserve. Le sergent-infirmier expliqua cette richesse par le désir maladif de son patient d'avoir un choix de menus digne d'un nabab.

Quand les gendarmes eurent également retourné la moitié du jardin de La Giberne, au mécontentement plutôt vif de Pistoulet et au déplaisir plus discret d'Isabelle Delgayroux, Combes dut s'avouer que son affaire piétinait. Le tableau de pêche des pompiers se stabilisait à trois brodequins quotidiens moisis et à une roue voilée et rouillée de vélocipède. A terre, le bilan de ses limiers était également proche de zéro. Il n'était plus si faraud lorsqu'il rencontrait un membre de la famille Delgayroux. La vieille Alice, surprise un matin alors qu'elle faisait quelques pas dans son parc appuyée au bras de Suzanne, l'avait proprement anéanti :

— Vous ne trouverez rien, avait-elle ricané. J'ai toujours dit aux enfants que mon mari n'avait pas tué Louis.

Combes n'avait eu l'explication de cette phrase sibylline que deux jours plus tard, de la bouche de Bernard. L'adjudant apprit du docteur qu'Alice était tout à fait dérangée, qu'elle avait été autrefois une épouse scandaleuse et qu'elle s'était adonnée au sadisme de la lettre anonyme.

Ce fut le seul détail positif que voulut retenir le gendarme. Comme il se plaignait devant Bernard de la minceur des résultats qu'il obtenait, il ajouta que le corps d'Arnaud avait peut-être été emporté loin de Saint-Rémy. Cette suggestion parut troubler son interlocuteur. Le lendemain, qui était le dernier jour alloué par monsieur Lespart aux recherches, le docteur attendit l'arrivée de Combes sur son chantier et le prit à part. Il était extrêmement gêné, mais raconta ce qu'il avait appris de l'expédition forestière de son frère Justin à Sainte-Croix.

— Justin sera furieux quand il apprendra que je vous ai parlé de ça, dit-il, mais je ne sais plus que croire. Voilà tout de même dix jours qu'Arnaud a disparu.

Les pompiers donnaient leurs derniers coups de gaffes dans la mare. Les villageois s'étaient désintéressés de leurs allées et venues. Le sergent Kakou continuait à profiter du beau temps en transformant sa berge en plage des îles, cuisinant des brochettes sur un feu d'écorces. Combes emmena tous les voltigeurs de sa brigade jusqu'aux bois de Sainte-Croix. En pure perte.

Il fallut bien que le lendemain matin le chef de la gendarmerie de Villefranche aille rendre compte à monsieur Lespart qu'il avait fait chou blanc. Le procureur ne parut pas lui en tenir rigueur.

— Tant pis, dit-il. Nous allons laisser provisoirement l'affaire Delgayroux de côté. Le temps éclaircit souvent les choses. Avez-vous au moins reçu une réponse de votre laboratoire de recherches de Rodez ?

Combes osait à peine l'avouer. La réponse était arrivée la veille au soir et l'avait laissé totalement étourdi :

« Aussi bien le tricot de laine que le pantalon de survêtement de coton, disait la conclusion rédigée de ce document, ne portent aucune trace sanguine correspondant au groupe communiqué comme étant celui du disparu. Par contre le pantalon est très fortement imbibé par le sang du chien. Il semble que celui-ci a été assommé à coups de manche de bois avant d'être lardé par les dents d'une fourche. »

Le procureur leva les yeux et regarda le gendarme avec ahurissement :

— Si je comprends bien, dit-il, le seul cadavre de l'enquête criminelle que vous m'avez extorquée est ce malheureux chien ! Priez le ciel que la situation évolue rapidement. Sinon nous deviendrons les comiques du département !

TROISIÈME PARTIE

14

A La Giberne, une guerre froide avait commencé à empoisonner les rapports entre tous les occupants du domaine.

L'une des causes du conflit était la présence du sergent Kakou. Justin semblait croire que la disparition d'Arnaud justifiait le renvoi du Canaque à Paris. L'infirmier rétorquait qu'en l'absence de toute preuve de meurtre ou de simple décès, le retour de son patient restait possible, et qu'il devait par conséquent être prêt à reprendre ses fonctions. Après la dramatisation que Kakou avait apportée à signaler cette disparition, cette espérance ressemblait fort à une volte-face. Le Canaque disait qu'il avait réfléchi, que peut-être... Il ne disait pas, mais cela se voyait, qu'il trouvait le pavillon et sa pelouse très indiqués comme cadre de vacances. Justin était ulcéré de savoir l'autre installé à demeure. Mais quand il avait téléphoné à l'adjudant Combes pour lui suggérer une action officielle auprès du Service de santé, il s'était heurté à une fin de non-recevoir.

— De deux choses l'une; ou, ce qui est improbable, votre frère va réapparaître un jour prochain, et la présence de son infirmier sera nécessaire; ou votre frère est réellement mort, et le Canaque redeviendra un témoin indispensable ; attendez.

— Mais jusqu'à quand ? s'était étranglé le notaire. Comment saurez-vous vous décider ?

— Il ne nous faudra pas plus d'une huitaine de jours pour boucler les interrogatoires de tous les conducteurs de cars et de taxis du département. Nous nous sommes déjà renseignés dans les gares. Vous n'imaginez tout de même pas que votre frère est parti à pied comme un chemineau. Nous faisons contrôler également toutes les pharmacies qui auraient pu vendre les ampoules et les pilules qu'il doit renouveler. Je vous assure que nous allons bientôt arriver à une certitude.

L'assurance donnée par le gendarme ne calmait pas la fureur de Justin. Elle était entretenue par ce qu'il appelait « l'air de sainte-nitouche » de Bernard. Le notaire n'avait pas digéré que son benjamin eût aiguillé Combes sur son expédition à Sainte-Croix ; il le lui avait vertement reproché au cours d'un dîner auquel Bernard avait daigné paraître. Depuis lors, le docteur avait toujours un malade à visiter à l'heure critique. Isabelle savait qu'Angèle lui préparait un plateau garni tous les soirs, qu'elle lui montait discrètement dans sa chambre après avoir verrouillé les issues de sa cuisine.

C'était ce détail qui avertissait la maîtresse de maison que la famille était en train de se détruire. Lorsqu'elle avait voulu raisonner son mari, elle l'avait trouvé cassant, amer, comme s'il avait eu quelque raison de douter d'elle. Parler à Bernard était impossible, tant il mettait de hâte à s'enfuir tôt le matin. Elle se persuada même qu'il découchait quelques nuits de suite. Elle ne s'avoua pas qu'elle en était blessée. Après tout ils n'étaient que des amis ; mais elle eût estimé normal qu'il vînt s'entretenir avec elle de la gravité de la situation. Elle entreprit Angèle, la priant de dire à monsieur Bernard que madame Isabelle souhaitait lui parler. Angèle répondit avec raideur qu'elle ne voyait jamais le docteur et que ses plateaux, rarement honorés par leur destinataire, n'étaient que des marques de son dévouement aux membres de la famille.

— Je dois dire à Madame, continua ce soir-là la cuisinière, que je ne pourrai pas servir longtemps encore dans une maison où personne ne se cause et où la seule qu'on entend est une vieille folle méchante qui bat la pauvre Suzanne à coups de canne et me jette mes assiettes de soupe à la figure !

C'était la dernière touche à ce tableau de guerre. Alice semblait se complaire en l'an de grâce 1937, qui avait été celui de sa toute-puissance dévastatrice. Elle reprenait goût à l'existence, donnait à « sa lingère », à « sa cuisinière » et à « son jardinier » des ordres qu'ils venaient soumettre à Isabelle ; celle-ci leur interdisait évidemment de les exécuter et montait affronter sa belle-mère dans son antre. C'était prétexte à scènes, tantôt violentes, tantôt mouchetées, où elles ne discutaient que de leur hargne réciproque.

Dans une pareille ambiance, il était presque normal qu'Angèle ait eu besoin d'attendre quatre jours pour alerter sa maîtresse. Elle n'était qu'une brave fille un peu sentimentale, mais elle n'était ni timide, ni « embarrassée de la langue » une fois qu'elle s'était décidée.

— C'est pas normal, Madame, dit-elle, oubliant dans son émotion l'usage de la troisième personne, avec laquelle elle avait mis trois ans à se familiariser. Non, c'est pas normal. Voyez ce plateau. C'est le quatrième de suite que je trouve comme ça, même pas touché du bout d'un doigt. Je crois bien que monsieur Bernard n'est pas revenu à la maison depuis ce temps-là !

Isabelle ne perdit pas de temps à interroger davantage la malheureuse, qui reniflait sur l'assiette de poulet froid-salade et sur une bouteille de gaillac débouchée. Oublié son habituel sang-froid, elle trotta jusqu'au fond du couloir de l'étage, où Bernard avait sa chambre. Les volets étaient tirés. D'une poussée Isabelle les rouvrit. Bien qu'orientée à l'est, la fenêtre ne recevait pas le soleil de plein fouet, masqué qu'il était par la butte boisée de la nationale et par la tour du pigeonnier. La chambre était éclairée par une lumière mate, comme devaient l'être celles des donjons dans les châteaux forts. Le lit n'était pas défait. L'odeur de pipe froide, si révélatrice de la présence récente de son beau-frère, n'était pas perceptible.

En ressortant en tourbillon de la pièce, Isabelle bouscula Angèle toujours chargée de son plateau inutile ; elle était montée une nouvelle fois derrière Madame, juste pour servir de témoin et pour se persuader qu'elle n'avait pas rêvé. La chambre éclairée disait à ce point l'abandon qu'elle resta là, devant la porte, les bras tendus sous la charge, hochant la tête en répétant « Il est parti ».

Albert Pistoulet confirma que la Simca du docteur n'avait pas « couché » sous son hangar depuis... oh ! presque une semaine.

Le cabinet de Bernard à Villeneuve paraissant impossible à réveiller par téléphone, ce fut une Isabelle assez agitée qui se décida à appeler l'étude de son mari. Pour une fois, le petit ballet habituel fut réduit au minimum.

— Ici l'étude de maître Delgayroux... Oh ! certainement madame Delgayroux, je vous passe votre mari, chantonna la voix gaillarde du premier clerc, qui était de Rabastens.

Justin était calme. Peut-être étonné de cet appel matinal. Ah ! C'était l'absence de Bernard qui mettait sa femme en émoi? Mais Bernard était à un congrès, à Toulouse ou à Montpellier, pour une dizaine de jours. Oui, bien sûr, il avait prévenu son frère!

— J'étais persuadé te l'avoir dit. J'aurai oublié, conclut le notaire.

Pourquoi le ton de son mari parut-il à Isabelle si peu naturel? Elle avait l'impression qu'il avait inventé à la dernière minute cette excuse d'un congrès, dont elle ne se rappelait pas avoir entendu parler, ou alors, il avait sciemment omis de transmettre à sa femme l'annonce de cette absence? Justin était-il en train de s'imaginer on ne savait quelle collusion entre son frère et elle?

Elle hésita jusqu'à midi, puis téléphona à la brigade de Villefranche. A l'écouteur, la voix de l'adjudant Combes avait des vertus calmantes qui réussirent à rendre nettes les idées d'Isabelle. Elle ne pouvait s'empêcher de tout ramener à la disparition d'Arnaud; elle exprima du moins ses soupçons concernant les deux autres frères : Justin se conduisait étrangement et Bernard, habituellement décontracté mais honnête, jouait les fugueurs. Etaient-ils, l'un ou l'autre ou tous les deux, responsables de l'évaporation du mutilé?

— Nous ne pouvons rien négliger, répondit un Combes tout sucre. Je vous remercie de me faire confiance; vous savez à quel point cette affaire me tient à cœur. Essayez de noter en détail tout ce qui vous passera par l'esprit. N'ayez pas honte d'en arriver à croire vos proches capables des pires réactions. En taisant vos doutes vous les rendez permanents, en les mettant en lumière vous permettez qu'on en discute et qu'on finisse par les écarter.

Comme elle le remerciait, avec une chaleur que leurs entretiens précédents ne justifiaient pas, il ajouta :

— Je vais faire vérifier cette histoire de congrès et la présence de votre beau-frère à cette manifestation. Je vous tiendrai au courant.

Le gendarme Berthier passa son après-midi à téléphoner aux différentes facultés de médecine du Sud-Ouest. Ni Montpellier, ni Toulouse, ni Bordeaux, ni même Poitiers, n'avaient connaissance d'un tel rassemblement. Le nom du docteur Bernard Delgayroux, qui n'était interne d'aucun hôpital et se réclamait honnêtement de la seule médecine générale, était inconnu dans toutes ces facultés.

— Si Bernard a réellement parlé de congrès médical à Justin, pourquoi a-t-il menti ? Et s'il ne l'a pas fait, pourquoi Justin a-t-il inventé cette excuse si facile à démentir ? songeait Combes.

Il en était là de ces questions désespérément opaques quand son adjoint Vialatte entra sans frapper dans son bureau. Le chef était excité comme un jeune gendarme verbalisant son premier automobiliste.

— Pardonne-moi cette intrusion, on vient de me signaler un accident de voiture vieux d'au moins quatre jours. Une Simca est tombée dans un ravin après avoir raté un virage, sur la route de Villeneuve à Saint-Igest. La brigade de Villeneuve, prévenue par deux amoureux en promenade à vélo, a reconnu la voiture du docteur Delgayroux, enfouie dans un buisson et quasiment invisible de la route. Le corps du propriétaire, mort sur le coup d'après Hartman, était assis au volant. Il a pensé que nous serions intéressés ; désires-tu y aller ?

— Il y a des moments, chef, ricana Combes, où je vous trouve exaspérant !

La route qui dégringolait du village de Villeneuve à la gare, sur cinq kilomètres, offrait une succession de virages, mal taillés et mal relevés, que le revêtement de terre rendait glissants et les couverts, au ras des fossés, des nids à surprises. En cette mi-juin, la nuit ne tombait pas avant dix heures du soir, ce qui permettait à la douzaine de gendarmes et de techniciens, debout sur le talus d'herbe poussiéreuse, de suivre le travail de Costes et de son mécanicien. Le garage de Costes eût dû être fermé depuis longtemps, mais le chef Hartman avait réquisitionné le patron et son camion de dépannage, actuellement en plein travers de la route, le capot tourné vers le ravin, l'arrière arrimé à un tronc par une chaîne. Perez, le mécano, sec de muscles et gras de cambouis, était descendu en glissant sur des branches écrasées jusqu'à la voiture accidentée ; il y avait accroché le câble du treuil et hurlait du fond des encouragements semés de jurons ; la trépidation de l'engin s'envolait parfois en sifflements inquiétants, quand le père Costes jouait de l'embrayage, dans la cabine du camion.

— *Macarel*, s'excusait-il, j'ai pas envie de péter mon treuil. Je suis pas armé pour soulever des tonnes, moi !

Combes était à la fois impatient, triste et inconsciemment satisfait ; cet accident ne pouvait pas être une coïncidence et Lespart serait bien obligé de rouvrir le dossier Delgayroux. Il se disait aussi que cette mort d'un homme qu'il avait jugé loyal était stupide et qu'elle eût peut-être été évitée si son enquête avait été plus efficace. Il maîtrisait son impatience ; il était sur le terrain de chasse du chef Hartman et de la brigade de Villeneuve.

Quand la carcasse de la Simca arriva au niveau de la route, Costes et Perez entamèrent une discussion technique animée sur la meilleure façon de remettre la ruine sur ses roues. Pendant qu'ils commençaient à manœuvrer, Combes n'y tint plus. Cramponné à l'herbe du talus, il se pencha vers la portière côté conducteur. La vitre avait éclaté, comme le pare-brise. A moins de trente centimètres de son visage, le crâne de l'homme enfermé dans ce tombeau de tôle semblait dans la pénombre recouvert d'un casque noir qui devait être du sang séché. Le cadavre était cloué à son véhicule par la colonne de direction, qui l'avait traversé de part en part, renflant le veston d'une étrange bosse entre les omoplates.

En se relevant, Combes s'essuya les mains comme s'il avait touché les plaies du mort. Ce n'était pas la première fois qu'il avait commerce avec le crime, mais l'évidence et la sauvagerie de celui-ci le mettaient en rage. La première affaire Delgayroux avait été un sinistre jeu d'échecs, dont la suspension l'avait laissé sur sa faim, blessé dans sa fierté d'enquêteur. Cette fois, rien ni personne ne l'empêcherait de trouver le coupable de cette macabre mise en scène.

— Faites demi-tour, ordonna-t-il à Berthier, impavide au volant de la 203, nous partons.

Avant de monter à côté de son gendarme, il appela le chef Hartman. Celui-ci fronçait les sourcils et faisait la moue.

— Sinistre accident, dit-il en approchant. Le docteur Delgayroux sera regretté à Villeneuve. C'était un chic type.

Combes hocha la tête. Il n'avait pas l'intention d'échafauder des hypothèses avec un confrère. Il expliqua, sans beaucoup de diplomatie, ce qu'il attendait des Villeneuvois.

— Téléphonez-moi à Villefranche le nom d'un autre médecin du coin que je ferai diligenter comme légiste par le procureur. Je veux qu'il fasse une autopsie détaillée du conducteur de cette Simca. Vous chargerez en même temps le père Costes d'ausculter cette ferraille sous toutes les coutures. Il y a sûrement eu sabotage.

— Vous voulez dire, commença Hartman, que ce n'est pas un accident ?

— Si ce n'est pas un meurtre, mon vieux, je veux bien rendre mes galons.

Les preuves réclamées par l'adjudant de Villefranche furent réunies dans la nuit. C'était un record de rapidité à mettre à l'actif du chef Hartman et de ses hommes.

Le docteur Garbès, qui venait de s'installer à Villeneuve, n'avait eu jusqu'alors que peu de contacts avec le docteur Delgayroux. Charcuter le cadavre de ce confrère plus âgé que lui de quinze ans et nanti d'une clientèle fournie, qui deviendrait peut-être la sienne, n'avait pas été très heureux pour les nerfs et le moral du légiste désigné. Ragaillardi par quelques gorgées d'eau-de-vie de prune, il avait fait son premier compte rendu à la gendarmerie du village sur le coup de cinq heures du matin. Le gendarme de permanence en avait transmis l'essentiel à son collègue de Villefranche, en même temps que le diagnostic du garagiste Costes.

Le permanencier de Combes inscrivit ces messages en belle ronde sur son registre. Après réflexion, se souvenant que l'adjudant avait donné consigne de le prévenir quelle que soit l'heure, mais inquiet de l'accueil qui lui serait fait, il choisit de réveiller le chef Vialatte. L'accueil ne fut pas plus chaleureux, mais les grognements de l'adjoint cessèrent vite :

« Outre des blessures au crâne consécutives à un choc frontal avec le pare-brise du véhicule, entraînant une fracture de huit centimètres, pratiquement d'un temporal à l'autre, le cadavre présente de nombreuses perforations pectorales. La plus importante a été causée à hauteur du plexus par la colonne de direction rompue sous le volant, qui a traversé toute la cavité pulmonaire. Les autres perforations, huit exactement, quatre à droite, quatre à gauche, ont peu saigné. A première vue et en l'absence de tout objet ou de toute arme présente dans la voiture, ces perforations pourraient être le résultat de deux coups de fourche. D'autres renseignements seront fournis, une fois l'examen des viscères terminé, notamment sur la présence de poison ou de barbituriques. »

Vialatte en oubliait l'heure trop matinale de son réveil. Quand il lut l'additif concernant le travail de Costes, il décida d'aller lui-même porter les bonnes nouvelles à l'adjudant. Qui sait, Claire Combes lui offrirait peut-être le café au lait qu'il n'avait pas eu le temps de boire chez lui.

« La Simca est foutue, avait déclaré le garagiste, peu habitué au langage châtié des experts. Toutes les détériorations sont dues au choc subi au cours de l'accident, sauf celles des biellettes de direction, qui ont été sciées sur les trois quarts de leur diamètre, et celles des tuyauteries de liquide de frein, qui ont été coupées au canif. »

15

Pas plus que la famille et les habitants de Saint-Rémy, les autorités n'avaient donné la moindre publicité à la disparition d'Arnaud Delgayroux. A l'époque de son renvoi des Invalides et de son retour à La Giberne, la petite presse régionale était occupée à démêler les fils d'un scandale immobilier local. Elle n'avait pas jugé bon de publier une ligne sur le rapatriement du héros.

Quand le journaliste chargé de la rubrique des chiens écrasés au *Petit Rouergat* entendit par hasard dans la salle d'attente de la gendarmerie de Villeneuve mentionner cet événement à peine vieux d'un mois, il se dit que ce passé récent apporterait un piment certain à la nouvelle de l'accident.

Avec la bénédiction de monsieur Lespart, l'adjudant Combes avait interdit qu'on fît mention des résultats d'autopsies du conducteur et de son véhicule. Tout le monde en était resté à la thèse de l'accident. *La Dépêche* quotidienne titra donc : « Un médecin de campagne se tue en se précipitant de nuit au chevet d'un malade. » Profitant du temps que lui laissait pour rédiger son article la qualité d'hebdomadaire du *Petit Rouergat*, Lucien Loupiac, sortant de la brève conférence de presse du chef Hartman, jugea bon de s'arrêter en redescendant à Villefranche dans le village de la victime. Il comprit qu'il avait gagné quelques lecteurs supplémentaires à son périodique dès qu'il vit sa camionnette de service, arrêtée sur le parvis de l'église, être entourée par une demi-douzaine de villageois curieux. Il n'eut pratiquement aucune question à poser pour s'entendre raconter l'histoire d'Arnaud Delgayroux, de ses fellaghas, de son Canaque, de sa disparition et de l'enquête des gendarmes de Villefranche. Loupiac avait eu l'occasion de rencontrer l'adjudant Combes ; il n'en avait pas gardé un bon souvenir. Aussi jugea-t-il, sans descendre de voiture, qu'il en savait assez pour meubler un premier numéro. Il promit à Maillac, à Sudre et aux filles Doucisse de revenir « au début de la semaine prochaine pour faire des photos » et repartit en rêvant à la copie qu'il allait remettre à son rédacteur en chef le soir même.

Il n'avait pas prévu que son flair de journaliste lui vaudrait l'attention des autorités. A peine avait-il un instant songé qu'il allait s'attirer quelques embêtements, côté parquet ou gendarmerie. Aussi le coup de téléphone qu'il reçut le samedi matin au journal, alors que l'encre du numéro du *Petit Rouergat* juste paru était à peine sèche, l'inquiéta-t-il de prime abord.

— Monsieur Loupiac? avait dit une voix anonyme, l'adjudant Combes serait très heureux que vous veniez prendre l'apéritif chez lui aujourd'hui. A dix-huit heures trente.

Loupiac ne pouvait qu'accepter. Il envisagea le pire, relut trois fois sa prose à la recherche d'un mot qui méritât des regrets. N'en trouvant pas, il attendit l'heure de l'apéritif du soir, dans l'état de résignation angoissée d'une future victime des tracasseries policières.

L'habitude méridionale de fermer les volets pendant la journée par temps de soleil donnait au salon des Combes un aspect de crypte. Claire avait été prévenue à l'heure du déjeuner de l'invitation lancée au journaliste. Elle avait été surprise que Joseph donnât ainsi un rendez-vous d'allure privée à un membre d'une confrérie qu'il évitait en général soigneusement. Peut-être ce Loupiac était-il un personnage important ? Elle décida qu'elle le recevrait comme un hôte de marque, prit la peine d'aller acheter une bouteille de whisky et de tartiner au pâté de foie deux grandes assiettes de toasts. Robert et Thi-Ba, dûment chapitrés, se tenaient à peu près tranquilles dans leur chambre. Lorsque Combes rentra de son bureau, il trouva sa femme penchée au-dessus du guéridon où elle avait étalé *le Petit Rouergat*, essayant de déchiffrer un article sur deux colonnes en page trois. Elle lisait lentement, à voix haute, en plissant les paupières :

« Mauvais sort à Saint-Rémy », avait titré Loupiac, tout de suite lancé dans le vif du sujet. « Que l'accident de voiture dans lequel a été tué le docteur Bernard Delgayroux, de Saint-Rémy près de Villeneuve, qui sera unanimement regretté, survienne un mois tout juste après la disparition inexpliquée de son frère, le commandant Arnaud Delgayroux, grand invalide de guerre, ferait presque croire... »

— Bon sang, coupa Combes, tu vas te rendre aveugle, à lire dans cette obscurité !

D'un revers de main, il rouvrit les volets. La grande lumière de fin d'après-midi envahit la pièce, et révéla au maître de maison la présence sur une table basse des verres, bouteilles et canapés.

— Mazette, grogna-t-il, tu t'es mise en frais pour ce fouineur ! Je reconnais que Lespart a eu une bonne idée en me suggérant de l'inviter amicalement plutôt que de le convoquer à la brigade, mais de là à le nourrir !

— Joseph, dit-elle en levant la double feuille du journal, laisse-moi finir.

Il lui arracha le papier des mains.

— Ne te fatigue pas, je connais son topo par cœur : «… presque croire qu'il existe encore dans nos campagnes des jeteurs de mauvais sorts. A moins que cette famille, très honorablement connue dans le canton de Villeneuve, ne soit la cible d'un personnage décidé à l'éliminer, membre après membre. Nous suivrons avec attention l'enquête qui ne pourra manquer d'être ouverte sur ces tristes événements. » Fin de citation. Je voudrais bien savoir, ajouta-t-il pensivement, comment et par qui ce plumitif a entendu parler de la disparition de mon invalide.

Il enfourna distraitement trois toasts au pâté d'un coup, malgré l'indignation de Claire. Bizarrement, alors que depuis la nuit précédente son affaire s'était compliquée d'un meurtre, avéré celui-ci, Combes avait retrouvé son enthousiasme, que les inutiles recherches autour de Saint-Rémy avaient passablement douché. Son humeur s'en était beaucoup améliorée. Ce qui ne signifiait pas qu'il envisageât d'être moins impatient vis-à-vis de ses subordonnés.

Depuis ce matin, Vialatte avait été envoyé à Villeneuve, pour éplucher à l'étude Delgayroux les registres de comptabilité de La Giberne ; le notaire avait proposé voilà quatre semaines de les soumettre à l'examen ; il ne pourrait juger offensant que quelqu'un s'y mette enfin. Brillant paperassier, Berthier avait accompagné le chef, chargé d'une mission complémentaire ; l'adjudant faisait confiance à son flair pour éventer les anomalies qui se cachaient peut-être dans les dossiers de Justin.

— Vous rendez-vous compte, mon adjudant, avait soupiré le malheureux, que vous me demandez de découvrir on ne sait quoi dans trois ou quatre tonnes de minutes ? L'étude Delgayroux existe depuis cent trente ans !

— Contentez-vous des trente dernières années, avait répondu le patron joyeusement. Vous n'allez pas perquisitionner. Je ne veux que des sondages. Et n'oubliez pas qu'il est interdit de fumer dans une salle d'archives !

C'était ce genre de réflexion qui empêchait Berthier d'être totalement dévoué à son adjudant.

Après accord téléphonique de son capitaine, qui avait appelé de Rodez, sans doute alerté par le procureur, pour demander « dans quel foutoir s'était encore lancée la brigade de Villefranche », Combes avait laissé à Hartman le soin de faire parler la Simca accidentée. Après tout, c'était sur son territoire qu'elle avait été retrouvée. Contenait-elle une valise, une sacoche de documents, qui eussent conforté la thèse d'un congrès ? Dans l'état des pièces sabotées, quel kilométrage pouvait avoir parcouru le véhicule avant de quitter la route ? Le coffre ou le siège arrière offraient-ils des traces de sang, révélatrices du transport du cadavre du médecin, si le meurtre était antérieur à l'accident ? Etait-il possible qu'il y ait eu quelqu'un d'autre dans la voiture ?

— Après la récupération mouvementée de cette ferraille, avait seulement objecté Hartman, je doute qu'elle nous donne des réponses très nettes, sauf en ce qui concerne les bagages.

— De toute façon, ce sera préférable à pas de réponse du tout. Essayez donc aussi de trouver où se rendait le docteur Delgayroux. S'il allait prendre le train de Toulouse, il aura sûrement retenu un billet à la gare. Bonne chance.

— C'est tout ce que tu as fait depuis ce matin ? questionna Claire, à qui Joseph venait de raconter sa journée.

— Je me suis tourné les pouces en réfléchissant, sourit son mari en détournant un nouveau toast. Accessoirement, j'ai subi une longue séance de mise au point chez Lespart, que j'ai, je pense, totalement gagné à mon point de vue sur l'affaire, et qui me soutiendra.

Il n'éprouva pas le besoin de conclure son compte rendu d'activités en répétant le message du docteur Garbès reçu dans l'après-midi. Le jeune et maintenant seul médecin de Villeneuve avait paru au téléphone assez abattu. Il avait prétendu avoir trop travaillé après une dure nuit, mais Combes avait attribué la lassitude de sa voix davantage à la nausée qu'à la fatigue. Le métier de médecin légiste trouble généralement les cœurs sensibles. Garbès avait quand même poussé ses analyses jusqu'au bout. Ses conclusions étaient aussi intéressantes que ses observations du petit matin ; à l'heure de sa mort, Bernard Delgayroux n'avait dans l'estomac qu'un verre de cinq centilitres d'eau-de-vie de prune, ration insuffisante pour l'endormir. Mais un examen du corps, plus approfondi que le premier, avait permis de constater, à hauteur de la nuque, la trace d'un coup qui avait dû l'assommer. Et après les avoir longuement étudiées, le légiste estimait à présent que les blessures de fourche étaient antérieures à celle qu'avait causée la colonne de direction.

— Je suis à peu près certain, avait-il conclu, qu'on a d'abord assommé mon confrère, puis qu'on l'a dévêtu avant de lui porter ces deux coups ; après l'avoir laissé saigner assez longtemps, on l'a rhabillé, chargé dans la voiture et jeté avec sa Simca dans le ravin.

— Docteur, avait dit Combes, vous êtes plus malin que la moyenne de nos médecins légistes occasionnels. Je vous recommanderai au procureur !

— N'en faites rien, s'il vous plaît, avait balbutié Garbès. Cette expérience m'a dégoûté du métier !

Tout en croquant les amuse-gueules de sa femme, l'adjudant souriait en pensant au scénario proposé. Il cadrait assez bien avec celui qu'il s'était construit. Il n'avait encore aucune idée de l'identité du coupable. Ou de la coupable ? Non, il n'imaginait pas une femme brandissant une fourche et la plantant, deux fois, dans le torse d'un homme couché à ses pieds. Il n'avait pas, non plus, le moindre mobile cohérent à offrir à Lespart.

— Que veux-tu faire de ce journaliste ? répéta Claire.

— Pardon ?

— Voilà trois fois, s'énerva-t-elle, que je te demande pourquoi tu as invité ce journaliste à la maison.

— C'est une idée de notre brave procureur. Une bonne idée. A Villeneuve comme à Saint-Rémy, les villageois se ferment comme des huîtres quand un gendarme les questionne. Ils seront certainement plus bavards avec un représentant de la presse, qui peut citer leurs noms, faire publier des photos d'eux dans son journal. Le but de cette petite réunion est de convaincre ce Loupiac de travailler pour nous. Si, évidemment, je le juge capable de se montrer discret.

— Mais pourquoi *le Petit Rouergat* au lieu de *la Dépêche* ou du *Midi-Libre* ?

— *Le Petit Rouergat* est hebdomadaire, ma belle ; les autres, quotidiens. Leurs reporters seraient trop tentés de publier leurs trouvailles au jour le jour. Loupiac devra de toute façon attendre une semaine. D'ici là, j'espère qu'il aura appris bien des choses et qu'il m'en aura fait part.

— Bien sûr, la présence d'une charmante jeune femme est souhaitable à cette réunion, afin de lui retirer tout caractère officiel. Peut-être même désires-tu que je séduise ce garçon pour m'assurer qu'il ne fasse rien qui te déplaise ?

Combes tendit le bras et attira Claire contre lui.

— Il me déplairait énormément si tu t'avisais de le séduire, dit-il en se penchant vers les lèvres qui lui souriaient à bout portant.

Elle s'éloigna vivement de lui, avec un couinement de femme pincée.

— Je n'ai pas mis ma robe de toile blanche pour que tu me tripotes avec ces doigts pleins de pâté, dit-elle.

Lucien Loupiac ne se présenta chez l'adjudant qu'à sept heures et demie. Il donna comme excuse une obligation professionnelle de dernière minute ; il avait dû aller photographier un camion de livraison de bière qui s'était encastré à la suite d'une manœuvre maladroite dans la façade du restaurant de l'Univers. Il était manifeste qu'il regrettait que cette corvée ne l'eût pas retenu jusqu'à une heure trop tardive pour se rendre à la gendarmerie.

Claire le regarda avec hostilité. Il était trop grand, trop maigre, trop noir de poil, trop mal habillé d'un jean douteux et d'une chemisette froissée d'un vert agressif. Un quart d'heure plus tôt, Thi-Ba et Robert avaient déboulé dans le salon, s'étaient jetés sur les toasts que Joseph n'avait pas dévorés et avaient cassé un verre. Cyclone mineur, que son impatience avait réglé d'une double correction mais qui l'avait mal disposée à l'égard du retardataire.

Combes était pour sa part assez content que le journaliste se sentît mal à l'aise. Il n'en serait que plus empressé à se faire pardonner. D'ailleurs, il avait l'air d'un garçon intelligent et d'esprit vif.

Une fois assis, penché vers le gendarme, coudes

aux genoux et verre au bout des doigts, il écouta soigneusement la proposition qui lui était faite. Avec méfiance d'abord ; puis, au fur et à mesure que Combes les lui détaillait, en percevant tous les bénéfices qu'il pourrait tirer de cette collaboration.

— Je ne tiens qu'à deux choses, précisa le corrupteur ; tout ce que vous apprendrez de vos visites à Saint-Rémy devra m'être rapporté avant d'être publié ; et personne ne doit nous voir ensemble sur le terrain, ni savoir que nous sommes complices.

Loupiac discuta à peine cet arrangement. A peine joua-t-il, quelques minutes durant la vertu offensée, ne voulant pas passer pour un « donneur ». Mais lorsque Combes lui affirma qu'une fois l'affaire bouclée il aurait la primeur des informations officielles, il n'ergota plus. Les deux hommes convinrent d'une procédure discrète qui permettrait au journaliste de communiquer chaque jour à l'adjudant le résultat de ses contacts au village ; le plus simple était pour lui de venir, comme ce soir, boire le verre de l'amitié chez le gendarme.

— J'aurai ainsi le plaisir de vous revoir souvent, dit Loupiac en se levant et en prenant congé de Claire.

Celle-ci grimaça plus qu'elle ne sourit à cette tentative de séduction, et oublia volontairement de tendre la main. Quand le journaliste fut parti et la porte refermée, elle souffla d'un coup tout son mécontentement.

— Ce minable me hérisse le poil, ne compte pas sur moi pour lui tenir la jambe chaque fois qu'il viendra boire ton whisky.

Joseph était pensif, mais plutôt optimiste.

— Nous verrons demain soir ce qu'il ramènera de ses interviews à la sortie de la messe. Espadaillac et ses ouailles seront ravis de cancaner avec un civil, pendant que j'irai jouer les terreurs en uniforme à La Giberne.

16

De toute la brigade, Berthier était le plus au courant des détails du dossier Delgayroux ; d'une phrase, l'adjudant avait ruiné son espoir d'un dimanche de détente à Villefranche.

— Vous m'accompagnez à Saint-Rémy !

Berthier avait vu dans cet ordre une sanction pour être rentré bredouille de sa traque à travers le maquis des écritures de l'étude. Il avait décidé de faire la tête. Mais sa bouderie s'effilochait sous le ciel bleu de cette matinée. Depuis plus de quinze jours le soleil brillait sur le Rouergue, accompagné d'un petit vent de sud qui tenait chaud et séchait les gorges et les champs. Les cultivateurs ronchonnaient que ce milledieux de temps allait brûler le blé avant qu'il mûrisse et le curé Espadaillac multipliait les prières en chaire pour avoir de la pluie.

C'était peut-être cette ferveur intéressée qui expliquait que la rue de Saint-Rémy fût totalement vide quand la 203 des gendarmes passa devant le porche de l'église. Combes sourit de contentement en remarquant la camionnette blanche arrêtée sur le parvis, à l'ombre des tilleuls. Loupiac tenait ses promesses.

Depuis sa première visite, qui ne remontait qu'à

quatre semaines, l'adjudant avait étudié à fond la disposition de toutes les constructions du village, des sentiers ou passages qui les faisaient communiquer, des entrées principales, des issues vers les jardins. Il se sentait capable de réciter devant chaque bâtiment la liste des gens qui l'habitaient, les Maillac, les Algons, les Calcayras, les Sudre, les Doucisse, les Pistoulet. Avec chacun des membres de chacune des familles il avait échangé quelques mots. Sans se faire d'illusions sur sa capacité à les rendre assez confiants avec la maréchaussée pour lui parler librement.

Quand il négocia le virage qui donnait accès à la cour de gravier de La Giberne, il saisit du coin de l'œil, à une fenêtre de l'étage, l'envol d'un rideau vite rabattu. La Douairière n'était donc pas à la messe et devait promener sa folie douce à travers les chambres. Combes s'étonna seulement que Justin et Isabelle n'aient pas jugé prudent de la faire surveiller pendant leur absence. La veille, au réveil, quand il avait fait une halte en revenant de sa macabre découverte pour annoncer la nouvelle de la mort de Bernard, il n'avait pas réussi à mettre dans ses phrases la moindre trace de sympathie. Comme si, pour lui, la responsabilité des vivants était aveuglante dans cette mort.

Ce matin, tandis qu'il traversait la cour à pied en direction des thuyas et du pavillon d'Arnaud, il admettait que le notaire et sa femme étaient peut-être à plaindre. Il était prêt à écouter leurs explications ; à condition d'être certain qu'ils ne mentaient pas encore, pour de stupides raisons d'amour-propre, de dignité mal comprise, de faux honneur de la famille ou simplement de vieilles habitudes. Il souhaitait que leur chagrin, qui avait paru si violent, leur nuit de réflexions et leurs prières de ce matin les inciteraient à tout dire enfin. Quand il les aurait confessés, il monterait affronter Alice dans son sanctuaire.

Il était sûr qu'elle aussi, malgré son esprit dérangé, pouvait l'aider à trouver la vérité.

Il passa la petite barrière de bois, au pied de la tour du pigeonnier. Là-haut, au ras du toit d'ardoises, deux ramiers se becquetaient en roucoulant. Berthier, qui avait oublié sa mauvaise humeur, ferma le portillon derrière eux, sourit au paysage et soupira :

— Ma foi, c'est vraiment un joli petit coin.

Combes aurait volontiers acquiescé si le spectacle qu'offrait aux visiteurs le sergent Kakou ne lui avait paru si subtilement dérangeant. En pantalon de toile et maillot blanc, revêtus peut-être parce qu'il s'attendait à une visite, le Canaque était assis sur le banc de pierre collé au mur du pavillon. Les mains à plat sur les cuisses, le visage impassible, les yeux fixés sur le gazon. Il venait manifestement de quitter, sans doute en entendant arriver la voiture des gendarmes, la chaise longue étalée face à la mare, dont la toile bougeait encore.

Quelles pouvaient être, depuis un mois que son patient avait disparu, les occupations du sergent Kakou ? Parce qu'il avait reçu un message de la direction de l'hôpital des Invalides, Combes savait que le Canaque avait rendu compte à son administration de son état anormal d'infirmier inemployé ; le Service de santé paraissait vouloir attendre, pour rappeler son enfant détaché, que l'autorité civile ou judiciaire réglât ce problème de disparition. En admettant donc que Kakou eût parfaitement le droit de demeurer à Saint-Rémy, que faisait-il de ses journées ? Entretenait-il des relations avec quelqu'un du village ? Se servait-il de la deux-chevaux du commandant et où se rendait-il ? A Villeneuve ? A Villefranche ? Comment passait-il ses soirées ? Combes énuméra pour lui-même toutes ces questions que venait de faire naître la seule vue de cette silhouette jeune, athlétique et immobile sur son banc. Il s'en voulut de ne pas avoir prêté assez d'attention à ce personnage.

— Bonjour sergent, dit-il.

Kakou se releva sans beaucoup de hâte et se raidit dans un garde-à-vous très approximatif. Il se dandinait d'un pied sur l'autre et évitait de fixer son regard sur les deux hommes en uniforme. Ses grosses lèvres serrées et la lourdeur de ses mains au bout des bras sans tonus disaient le mécontentement et la gêne. L'adjudant en diagnostiqua les motifs, sans charité ; il se souvenait de l'attitude soudain maladroite et des yeux furtifs de ses partisans montagnards, dans son maquis d'Indochine, quand ils avaient fait une bêtise et craignaient qu'il ne l'apprenne.

— De quoi as-tu peur, Kakou ?

Le tutoiement était venu naturellement, tant le sergent canaque lui rappelait Yeung Cho, un de ses chefs de groupe d'autrefois qui n'arrivait pas à avouer la perte de son fusil, noyé dans un arroyo.

L'attaque, en tout cas, redonna au sergent un peu de la fierté avec laquelle il s'était présenté un mois plus tôt. Sous les sourcils proéminents deux petites lampes se rallumèrent dans les yeux globuleux. La voix n'était pas encore très sûre ni le sourire très naturel, mais les défenses du garçon s'étaient remises en place.

— J'ai peur qu'on ne retrouve pas mon commandant et qu'on me fasse revenir à Paris. Moi je suis bien ici. Si j'avais une femme, ce serait comme la retraite. Est-ce que vous avez du nouveau ?

— La mort du docteur Bernard ne te paraît donc pas un fait nouveau ? A moins que tu ne sois pas au courant ?

Le regard noir se voila.

— Si, si ! Vous pensez, tout le village ne parle que

de ça depuis hier matin. C'est dommage. Monsieur Bernard avait l'air d'un brave homme et je crois qu'il aimait bien son frère. C'est triste, cet accident.

— Qui te l'a appris ?

— La jeune fille qui vient tous les jours, mademoiselle Pistoulet. Moi je n'ai pas besoin de lait, mais elle a pris l'habitude de me faire un peu la conversation, pour me raconter les potins du village. Elle aimait bien le commandant Arnaud, je crois.

Inconsciemment, Kakou se plaisait à parler de la jeune Juliette. Il y avait dans le ton une trace de fierté. Le Canaque devait être flatté qu'une jolie fille osât se risquer régulièrement à lui tenir compagnie, au mépris des ragots qui couraient certainement à Saint-Rémy. Combes sourit de ce début de romance qui n'augurait rien de bon ; il imaginait plutôt Albert Pistoulet corrigeant sa fille à coups de ceinturon qu'accordant sa main au Néo-Calédonien. Celui-ci était sans doute vindicatif ; ce mépris paysan l'enragerait peut-être.

— Bien sûr, dit-il, ça ne me regarde pas. Mais sois quand même prudent avec Juliette. Je n'ai pas envie de voir un nouveau drame à Saint-Rémy.

— Nous ne faisons rien de mal, se défendit Kakou avec la mauvaise foi visible d'un séducteur. De temps en temps, elle vient le soir et je l'emmène promener avec la deux-chevaux.

— En défilant dans la rue du village ? Bravo pour la discrétion.

Cette fois, un rire entendu mais muet fit briller toutes les dents blanches dans le visage sombre :

— Je ne suis pas fou, dit Kakou, je sors par le chemin qui borde la mare et qui rejoint la petite route des Rinhaudettes.

Combes avait déjà des réponses aux questions qu'il s'était posées sur les activités de l'infirmier oisif.

Justin et Isabelle Delgayroux avaient l'air infiniment plus peinés que le Canaque de la mort de Bernard. Combes, qui les observait dans la pénombre du salon, sentait le poids de deux chagrins distincts, comme si chacun d'eux eût souffert sans vouloir s'appuyer sur l'autre. Le seul aspect physique d'Isabelle avait suggéré à la fois réserve mondaine et disponibilité sentimentale ; était-il vraisemblable qu'elle n'eût jamais entamé avec son beau-frère une aventure que leurs conditions de vie à La Giberne rendaient si facile à mener comme à tenir discrète ? Si réellement il y avait eu quelque chose entre ces deux-là, s'était déjà dit Combes, leur comportement mutuel donnait à croire que le temps de la passion était révolu, si tant est qu'il eût existé. Etait venu pour eux le pli des habitudes douces, confortables, tendrement complices. Qui correspondait parfaitement au chagrin, retenu mais évident, que disaient les épaules affaissées d'une femme si soucieuse de son attitude, la négligence anormale de sa coiffure et le flottement involontaire de son regard.

Justin avait été plus durement touché. Il n'avait pas calculé combien d'années il avait partagé avec Bernard la vie sereine de La Giberne, le vieil hôtel de Villeneuve, presque la même clientèle et le même cercle de relations. Le notaire se sentait subitement abandonné tout en haut de la pyramide des âges. Il n'avait pas une pensée pour Alice l'octogénaire, à qui il n'avait pas voulu qu'on annonçât encore la mort de son dernier fils. Dans cette maison où ils avaient été trois garçons à courir dans les escaliers, à se disputer pour un livre, dans ce paysage qui était devenu comme un morceau de leur propre peau, théâtre de parties de pêche, de tirs aux becfigues avec une vieille carabine à plombs, d'escalades du pigeonnier, de ventrées de prunes mangées chaudes sous l'arbre, voilà que les deux plus jeunes avaient disparu, le laissant seul, inutile, à la tête d'un patrimoine voué à la disparition, lui aussi. Le dernier des Delgayroux. Son menton lourd était flasque, son teint plombé, et ses yeux de chat aux aguets s'enfonçaient au-dessus de poches lourdes de larmes. Sa voix avait perdu sa netteté professionnelle quand il apostropha l'adjudant de gendarmerie :

— Quand nous rendrez-vous le corps de Bernard ? se plaignit-il. Est-il normal qu'il faille tant attendre pour enterrer la victime d'un accident, une fois terminées les constatations d'usage ?

Combes regretta que la demi-obscurité du salon aux volets clos ne lui permît pas de scruter les visages de ses interlocuteurs.

— Justement, maître, répondit-il doucement, il ne s'agissait pas d'un accident, mais d'un meurtre.

Il leva une main autoritaire devant le sursaut apparemment horrifié des deux autres.

— Croyez bien que je ne cherche pas à dramatiser. Nous avons hélas des preuves formelles que la voiture de votre frère a été sabotée et que lui-même a été tué à coups de fourche deux heures au moins avant sa chute dans le ravin.

De saisissement, le notaire et sa femme étaient tombés assis sur le même canapé. Isabelle pleurait sans vergogne, la tête dans ses mains. Sous les sourcils haut levés, les yeux de Justin montraient autant d'incompréhension que de dégoût. Il se força à respirer profondément, deux ou trois fois, avant de demander à voix très basse :

— Pourquoi cet acharnement ? Pourquoi vouloir le tuer de deux façons différentes ? Il fallait beaucoup de haine à l'assassin.

— C'est en effet une des questions que je me pose, dit Combes en s'asseyant dans le fauteuil Voltaire qui faisait face au canapé.

Devant lui, à moins d'un mètre, le dernier des Delgayroux tentait de relever sa tête, lourde du coup reçu. Il avait fermé les yeux, mais ses paupières frémissaient ; sa lèvre supérieure et son menton tremblaient, comme s'il allait éclater en sanglots.

— Je ne souhaite pas vous troubler davantage, dit Combes fermement, mais j'ai quand même quelques questions à vous poser. D'abord, d'où teniez-vous cette histoire de congrès médical dont vous avez parlé à votre femme ?

Isabelle releva la tête et tourna vers son mari un visage inquiet, sans même essuyer ses larmes. Justin se pencha en arrière et posa sur le dossier une nuque fatiguée.

— Je ne l'ai pas inventée. C'est Bernard lui-même qui m'avait annoncé, quelques jours avant qu'Isabelle ne me questionne, qu'il devait entreprendre un voyage. Peut-être ai-je inconsciemment conclu qu'il s'agissait d'un de leurs séminaires de toubibs. Il lui arrivait quelquefois d'y aller, environ une fois par an.

— Pourtant, renseignements pris, ni à Montpellier, ni à Toulouse, ni à Bordeaux ne s'est tenue ces jours-ci ce genre de réunion.

Le notaire rouvrit les yeux et se redressa sur son siège. Il était sérieux mais nullement affolé.

— J'en déduis que j'ai dû me tromper. Mais je suis sûr que mon frère projetait une absence de quelques jours. Avait-il des bagages dans sa voiture ? Avez-vous demandé à Germaine s'il avait organisé sa semaine en tenant compte de ce voyage ?

— Qui est Germaine ?

— Germaine Martiel, une infirmière retraitée de Villeneuve, qui sert accessoirement de secrétaire à mon frère, quand son cabinet est encombré de paperasses. Elle note des rendez-vous, rappelle les malades mauvais payeurs, nettoie de temps en temps les locaux, classe ses fiches.

— Pourquoi diable ne m'a-t-elle pas répondu au téléphone ?

— Elle ne va jamais au cabinet quand Bernard est absent.

Combes digéra cette série d'informations. Cette infirmière nouvelle venue dans l'histoire pourrait se révéler un témoin de première importance. Bernard lui faisait peut-être des confidences.

Il se mit debout, tendit machinalement d'un coup de poignet les pans de sa vareuse de toile. Dans la pénombre, quelque part dans le vestibule le carillon d'une horloge sonna onze heures.

— J'ai le temps d'aller visiter la chambre de votre frère, dit-il. Il est possible qu'il y ait laissé quelque chose ayant trait à ses projets, une lettre, une carte routière, une adresse d'hôtel, un indicateur de chemin de fer, un numéro de téléphone griffonné sur un sous-main...

— C'est une bonne idée, je vais vous conduire.

Justin se mit debout sans effort, comme si sa crise d'abattement était passée. Il avait l'air tout à fait coopératif; il prit la tête de la petite colonne devant Combes, Berthier et Isabelle. Sur le palier du premier étage, personne ne marqua de ralentissement ou de précaution devant une porte fermée derrière laquelle s'entendaient quelques marmonnements. A l'adjudant qui tendait le menton pour se renseigner, la voix d'Isabelle expliqua de l'arrière que c'était la chambre de madame Mère qui conversait avec Suzanne Pistoulet. Déjà, au fond du couloir, le notaire ouvrait une porte et s'arrêtait sur le seuil d'une pièce sombre.

Sans doute était-ce en signe de deuil que tous les volets de la maison avaient été fermés, ou plus prosaïquement pour se prémunir de la chaleur. Berthier traversa la chambre en évitant les vagues contours d'une table et d'un bois de lit et manœuvra avec énervement les cordelettes commandant l'ouverture des rideaux. Isabelle vint l'aider. Par la fenêtre maintenant grande ouverte la lumière éclaira le sobre décor où avait vécu le benjamin de la famille.

Un lit à tête et pied de noyer ciré, une table de même bois aux pieds à peine ornés d'une moulure sculptée, flanquée d'un fauteuil à fond de paille tressée, constituaient tout l'ameublement, avec une de ces gigantesques armoires de campagne capables de contenir le trousseau d'une famille entière. Celle-là occupait tout le panneau de droite, entre porte et fenêtre. De part et d'autre de celle-ci, des étagères simples croulaient sous des piles de livres visiblement mal classés. Sur la table, un pot à tabac de grès et un large cendrier de verre voisinaient avec une tasse de porcelaine pleine de crayons et de cure-pipes. A gauche du lit, bordé par un petit tapis chinois, dont les dessins au petit point tranchaient sur le parquet de chêne, s'entrouvrait une porte étroite.

— C'est le cabinet de toilette, expliqua Justin, qui avait l'air d'attendre que les gendarmes se livrent à une fouille en règle.

Combes se contenta de tirer silencieusement les deux tiroirs quasiment plats accrochés sous la table. L'un était vide, l'autre ne contenait que quelques feuilles de papier blanc, vierges de toutes traces ou inscriptions et un lot de cartes de visite au nom de Bernard Delgayroux, externe des hôpitaux, médecine générale. L'armoire, ouverte à deux battants, contenait quelques piles de linge de maison, deux autres de chemises de couleur unie, des sous-vêtements, des pull-overs, des chaussettes et quatre paires de chaussures. Le compartiment de gauche, aménagé en penderie, offrait son habituel lot de cintres, tous garnis de complets ou de pantalons. Au fond étaient alignées trois valises, une grande en matière plastique et deux petites en cuir.

L'adjudant contempla en faisant la moue ce qui avait constitué la richesse d'un médecin de campagne. Il n'avait même pas envie de demander à Isabelle d'établir une liste de ce qui pouvait manquer dans ce décor. Ce qu'il avait pu comprendre de la façon de vivre des Delgayroux suffisait à faire deviner quelle serait la réponse. « Elle n'était pas chargée d'entretenir la garde-robe de son beau-frère. » Le regard vide qu'elle fixait sur le contenu de l'armoire disait assez qu'elle était loin de remarquer quoi que ce fût d'anormal.

La surprise vint de Justin. Il se pencha vers les valises, puis sous la table, alla regarder derrière le lit, fouilla sous les pans de rideaux, et finit par ouvrir grand la porte du cabinet de toilette, dont il alluma le plafonnier. Puis il revint dans la chambre et se campa devant Combes qui avait suivi cette agitation d'un air intéressé.

— Avez-vous trouvé la trousse de Bernard dans sa voiture ? demanda-t-il.

En fin de journée, la veille, le compte rendu d'Hartman ne laissait aucune place au doute.

— La voiture est totalement vide.

L'adjudant le répéta au notaire.

— Bernard ne la laissait jamais. Ou il l'avait à la main, ou elle était dans sa Simca ou il la montait dans sa chambre.

Combes hocha la tête. Si l'assassin avait oublié l'existence de cette trousse, la retrouver pouvait donner une sérieuse indication sur le lieu où avait été assommé le docteur.

— Peut-être pour une fois l'a-t-il oubliée à son cabinet. Je crois urgent d'aller questionner cette Germaine Martiel. Elle a sûrement les clefs et pourra me dire ce qui occupait tant votre frère au cours de ces derniers jours.

— Jusqu'à midi et demi, dit la voix d'Isabelle, qui

semblait à nouveau maîtresse d'elle-même, vous trouverez cette brave Germaine à la boulangerie Garrigues. Elle y va tous les dimanches aider sa sœur à vendre sa pâtisserie.

Ils sortirent tous les quatre de la chambre du mort, sans rien refermer derrière eux. Le gendarme Berthier pensa une seconde qu'il serait réglementaire de poser des scellés, mais le visible détachement de son adjudant lui retira cette idée de la tête.

Au moment d'entamer la descente de l'escalier, Combes marqua une hésitation.

— Je crois, souffla-t-il à l'oreille du notaire, qu'il sera malheureusement nécessaire que je vienne m'entretenir avec madame Delgayroux mère. Dès que j'en aurai fini à Villeneuve.

Justin descendit toute la volée de marches avant de répondre, comme s'il n'avait pas voulu d'attroupement bruyant devant la porte d'Alice.

— Il faut d'abord que je la prépare et que je lui dise que Bernard a été tué. Dans son état, cette nouvelle peut la rendre complètement folle. Passez en fin d'après-midi, vous verrez bien.

— A ce soir donc, brusqua le gendarme qui n'avait pas envie d'une nouvelle séance au salon, dont l'ambiance pleine de fantômes, de condoléances et de chagrin le déprimait.

Quand il fut assis au volant de la 203, avant de mettre le contact, il se tourna vers Berthier.

— Que pensez-vous de l'honnêteté de ces deux clients ? demanda-t-il.

C'était une question qu'il se posait à lui-même. Il fut étonné de la réponse que lui fit son scribe, qui était bien proche de sa manière de voir.

— La femme, dit Berthier, je lui fais confiance. Quant au notaire, si son chagrin est de la frime, il est meilleur acteur que Gabin.

Madame Garrigues gérait seule depuis la mort de son époux la boulangerie-pâtisserie de la rue de l'Horloge, à Villeneuve-d'Aveyron. Avec l'aide morale et technique de jeunes mitrons qu'elle changeait quand ils devenaient trop sûrs d'eux, elle faisait correctement ses affaires. En trente ans de présence dans sa boutique, sa clientèle n'avait guère changé. Elle en connaissait toutes les pratiques assez intimement pour les apostropher avec une familiarité tonitruante. Lorsque Combes était gendarme en service à la brigade de Villeneuve, sous les ordres du chef Martellat [1], la boulangère était déjà à son comptoir. Il y avait vingt ans de cela, comme elle se hâta de l'annoncer aux sept ou huit commères présentes.

— Té ! Le petit Combes ! Celui que j'appelais mon gendarme en sucre tellement qu'il était mignon, dites ! Il se décide enfin à venir me faire visite, maintenant qu'il a pris du galon !

Combes avait tout à fait oublié la mère Garrigues, ses croissants et ses appétits de jeune veuve. Ce rappel bruyant de ses jeunes années le fit sourire plus qu'il ne le gêna ; les mines passionnées des clientes, que la vue des uniformes émoustillait peut-être, lui rappelèrent qu'il était en service ; l'air coincé de Berthier qui l'avait suivi dans la boulangerie et s'étonnait que son supérieur acceptât d'être traité si cavalièrement acheva de lui rendre son sérieux.

— Je suis content que mon travail me donne l'occasion de venir vous voir, dit-il, souhaitant à la fois ne pas ruiner le capital de sympathie dont il paraissait bénéficier et montrer quand même qu'il n'était pas là pour évoquer des souvenirs.

— Laissez-moi deviner, minauda madame Gar-

1. Cf. *Un sombre été à Chaluzac,* du même auteur (Presses de la Cité).

rigues. Vous faites votre enquête sur l'assident du pôvre docteur Delgayroux et vous voulez voir ma sœur Germaine qui était quasiment son adjointe.

Décidément, il était difficile de garder secrètes dans un village comme Villeneuve les démarches des autorités. Combes décida d'en avoir le cœur net.

— Puisque vous en parlez, qu'est-ce qu'on dit dans le bourg à propos de cette histoire ?

Aucune des clientes ne parut vouloir laisser à la boulangère le monopole des informations. Elles répondirent toutes à la fois :

— Dites ! On sait bien ce qu'a trouvé le Costes !

— Il paraît que la voiture du docteur elle devait exploser ; au premier tournant.

— Il connaissait trop bien la route de la gare pour rater ce virage.

— Mon mari dit qu'on a découpé ce pauvre garçon à coups de faux. C'est pas un accident, ça.

— Personne ne l'avait appelé à Saint-Igest, ce malheureux. Qu'est-ce qu'il allait faire sur cette route ?

— Il paraît que le docteur était mort bien avant que sa voiture ne tombe dans le ravin, dit la dernière au bout de la file.

Le nez pointu, l'air pisse-vinaigre, celle qui venait de parler serrait les doigts sur un porte-monnaie de ruban tressé.

— Qu'est-ce qui vous permet d'affirmer une chose pareille ? voulut savoir Combes.

— C'est moi qui ai assisté le docteur Garbès pour l'autopsie, se justifia la vieille fille sèche.

D'un regard de vierge entêtée, elle défiait le gendarme de la démentir.

— J'aurais cru que le docteur Garbès vous avait prévenue que les résultats d'une autopsie étaient confidentiels, dit l'adjudant d'une voix froide. Vos bavardages pourraient vous valoir des poursuites, ma brave femme.

Cette fois les commères se turent. Celle qui venait de lâcher cette information majeure parut effrayée. Elle posa quelques pièces de monnaie sur le comptoir, saisit d'une main tremblante un carton de pâtisserie enrubanné, et sortit de la boutique en grommelant. Trente secondes plus tard, les autres clientes s'étaient aussi éclipsées, comme si elles avaient craint que les gendarmes ne leur passent les menottes.

— Faut comprendre, philosopha madame Garrigues, elles répondent à vos questions et vous les menacez. Vous leur avez fait peur.

— N'empêche qu'elles racontent n'importe quoi.

— Si ma sœur Germaine était là, au lieu qu'elle est partie pour la journée à Figeac chez un neveu à nous, elle vous en raconterait bien d'autres. Hier matin, quand on a appris au village que le docteur était mort, elle est venue me voir; elle se demandait pourquoi cet homme qu'était si rangé il couchait depuis trois jours sur un lit de camp dans son cabinet, au lieu de redescendre comme d'habitude à Saint-Rémy.

— Quand votre sœur rentre-t-elle? voulut savoir Berthier, qui se piquait au jeu.

La boulangère le regarda sous le nez. Pour elle, ce gendarme-là n'était pas un homme avec lequel on pût se sentir en confiance comme avec le petit Combes.

— En principe, admit-elle du ton résigné de qui cède aux exigences policières, elle sera là demain lundi, en fin de matinée.

L'adjudant pensa que cette visite était un pas de clerc. Non seulement il avait effrayé les femmes du cru, c'est-à-dire les meilleures informatrices dans ce genre d'enquête à la campagne, mais ils avaient peut-être braqué les sœurs Martiel. Cette Germaine, qui allait se promener à Figeac le lendemain du jour où elle avait appris la mort violente de son employeur, méritait qu'il fît un effort pour s'assurer de son témoignage impartial.

— Ma foi, dit-il, en essayant de retrouver son charme de jeune homme, grâce à votre sœur, j'aurai grand plaisir à vous revoir demain, madame Garrigues.

La grosse femme aux bras roses ne désarma pas :

— Vous trouverez sûrement ma sœur chez elle, grogna-t-elle, mais pas moi. La boulangerie est fermée le lundi.

— Tant pis pour moi, dit Combes.

Et comme il voulait à tout prix terminer l'entretien sur une note de bonne entente retrouvée, il ajouta :

— Tenez, Berthier, puisque nous n'aurons pas le temps de déjeuner, je vous offre un baba au rhum. C'est la spécialité de la maison Garrigues.

— Je sais pas où tu as pêché ça, explosa la boulangère. Ma spécialité ç'a toujours été la fougasse.

17

Justin Delgayroux manquait de tonus pour entamer cette difficile journée de lundi, où il avait tant de choses à régler. Il avait mal dormi, partagé entre son chagrin et son irritation contre le gendarme qui n'avait même pas daigné s'excuser de leur avoir fait faux bond alors qu'il avait annoncé sa visite chez Alice. Justin soupira, souhaitant oublier combien la scène qu'il avait eue avec sa mère avait été déplaisante. Maintenant que Bernard n'était plus là, il allait devoir trouver un autre médecin qui accepte de se charger de la surveillance médicale de la vieille dame et peut-être de décider qu'elle devait être internée.

Dans la ruine si rapide de son univers, si douillet encore un mois plus tôt, la seule chose immuable était l'égalité de ses rapports avec Isabelle. Il s'en voulait de la cascade de soupçons dont il l'avait entourée, à propos d'Arnaud d'abord, puis à propos de Bernard. Qu'elle-même eût manifestement douté de son innocence dans les deux malheurs qui accablaient la famille l'avait plutôt flatté. Il avait vu dans ce doute l'affirmation qu'elle le considérait toujours comme un homme capable d'agir et non comme un vieillard sans réaction. Ce matin, après tous ces déballages de vieilles histoires, de ragots, de scandales familiaux, ces aveux de rancunes anciennes, de méfiance, de maladresses reconnues, il ne sentait plus de nuage entre sa femme et lui. Pendant qu'il avalait son assiette de soupe réchauffée par Angèle, Isabelle avait siroté auprès de lui cette tasse de thé sempiternelle. Pour normaliser un peu plus la situation il avait répété sa plaisanterie vieille de vingt ans, « la mondaine déjeune avec le paysan », et elle avait souri, avec le même abandon qu'avant.

Elle avait attendu dans le vestibule à son côté pendant qu'il téléphonait à la gendarmerie de Villefranche. Combes lui avait dit que ses deux scribouillards continueraient aujourd'hui à dévaster ses archives de l'étude, et qu'il passerait à La Giberne pour voir Alice en fin d'après-midi. Mais surtout il avait annoncé que les obsèques de Bernard pourraient avoir lieu dès le vendredi. Justin avait répété l'information à sa femme, avec presque du soulagement dans la voix, comme si l'enterrement devait marquer la fin du drame. Isabelle avait fermé les paupières et acquiescé de la tête. Il la sentait en pleine communion de pensées avec lui.

La routine avait retrouvé son empire. Sa femme l'accompagnait jusqu'à la porte, l'embrassait sur la joue avec la même apparente tendresse, levait la main pour lui dire « à ce soir » pendant qu'il sortait sa voiture du garage.

Il retrouva sa mauvaise humeur en arrivant devant l'église, dont le portail était grand ouvert. L'antique bicyclette noire du curé était appuyée contre un des pilastres. Au moment où Justin décidait de s'arrêter pour discuter avec Espadaillac des premiers préparatifs de l'enterrement, il vit, rangée entre deux tilleuls, la camionnette blanche aux portières timbrées de lettres noires. *Le Petit Rouergat.* Ce journaliste était donc encore là, à tirer les vers du nez de ce benêt de curé ! La veille, à la sortie de la messe, ce grand escogriffe sans aucune tenue avait fait preuve d'acharnement pour questionner monsieur et madame Delgayroux sur les malheurs de la famille. Quel mauvais goût ! Quel manque de délicatesse. Un instant, Justin faillit continuer, se disant qu'il verrait le curé en rentrant. Puis il s'en voulut de cette faiblesse. Le curé ne serait pas là ce soir et il n'allait pas avoir peur d'un journaleux. Il coupa le contact, en face du porche, et descendit.

Une petite voix claire et pointue l'accueillit. C'était la plus jeune des cinq enfants Calcayras qui chantait avec application, debout au milieu d'une dizaine de marmots rassemblés à côté du bénitier.

« Que m'avez-vous zapporté monsieur le curé,

Que m'avez-vous zapporté monsieur le curé ? »

Un dadais de dix ans, que Justin reconnut pour un fils Doucisse, un des neveux d'Angèle qui l'amenait quelquefois à La Giberne, chanta le répons, d'une voix anormalement grave qui essayait d'imiter la rocaille du père Espadaillac :

« Une paire de souliers, Simone ma Simoôone.

Une paire de souliers, ma petite mignoôonne ! »

La chanson s'arrêta net quand les enfants virent le notaire pénétrer dans l'église. Habillé de noir, raide de mécontentement, il avait tout d'un père Fouettard.

Le curé tourna la tête vers l'intrus. Il le reconnut sur-le-champ mais réagit avec une lenteur d'esprit dommageable.

— Comment trouvez-vous nos enfants, maître ? Je suis sûr qu'ils nous feront honneur à la fête de la paroisse, à Cénac !

— Ils seront épatants, mon père ! N'oubliez pas que je tiens à les photographier.

C'était évidemment le journaliste, faussement enthousiaste à côté d'une des colonnes de la nef, qui faisait sa cour au curé. Mains aux poches, les cheveux hirsutes, il avait l'air d'un diable ricaneur.

Le visage de Justin se pinça davantage. Au moment où il toussota, aigrement, le malheureux Espadaillac comprit que sa maladresse allait lui coûter une sensible diminution de l'enveloppe que les Delgayroux allouaient au denier du culte.

— Je regrette de vous préciser, dit d'une voix contenue le maître de La Giberne, qu'en ce moment les obsèques de mon frère, que nous voulons voir célébrer à Saint-Rémy, me paraissent plus importantes que votre niaiserie de kermesse. J'aurais pensé qu'en curé de paroisse responsable, vous seriez venu nous présenter vos condoléances et discuter de la cérémonie.

Le malheureux curé sentait le col de sa soutane l'étrangler de plus en plus. Il se trouvait terriblement en faute. Comment n'avait-il pas songé à aller apporter à la famille du notaire les secours de la religion ? Dans un surcroît d'horreur, il se rappela le sermon qu'il avait prononcé à la messe de la veille, devant toutes ses ouailles, au premier rang desquelles il avait parfaitement reconnu monsieur et madame Delgayroux. Il avait parlé des dons de Dieu, de la pluie et des rogations, mais n'avait pas dit un mot de regret à propos de la mort du docteur, qui attristait pourtant tout le village.

Il se mit à bredouiller lamentablement, les joues écarlates et le front trempé de sueur. Il protestait que son « chagrin profond »... enfin que « Bernard était si »... bref qu'il aurait dû... Loupiac commit l'erreur de vouloir prendre la défense de ce malheureux. Il eut tort. Justin l'apostropha d'une voix blanche :

— Vous, jeune homme, qui venez faire votre bonheur de la peine des gens, je vous préviens dès maintenant que vous ne serez pas invité à l'enterrement de mon frère, et que toute photographie prise malgré mon interdiction entraînera une plainte en justice.

Loupiac haussa comiquement les épaules. Il plastronnait mais n'osait se conduire en parfait vautour. Ces notables campagnards ont parfois des alliés puissants, jusque dans la presse. Cette algarade avait du moins permis au curé de reprendre ses esprits.

Elle avait aussi servi à Justin à épancher sa bile, au point qu'il regretta d'avoir été si hargneux avec Espadaillac. Après tout, leurs relations étaient vieilles de trente ans, depuis la mort du vieux prêtre qui avait marié Alice et baptisé ses trois garçons. Durant tout ce temps, à raison d'une messe chaque dimanche, d'une confession de pure forme chaque mois, d'un dîner à La Giberne chaque trimestre et de cérémonies d'enterrement quand disparaissait un vieux du village, les Delgayroux avaient une connaissance assez précise des qualités de cœur de leur curé et de ses défauts de mémoire, de vernis mondain et d'élégance vestimentaire. Le notaire en eut à nouveau conscience en sentant, sous la main apaisante qu'il posait sur l'épaule d'Espadaillac, l'usure lustrée du tissu verdi de la soutane.

— Allons, monsieur le curé, dit-il, ne nous disputons pas dans un pareil moment. Sérieusement, si vous pouviez être ici ce soir, passez à La Giberne vers six heures. Je rentrerai plus tôt de l'étude. Nous mettrons au point notre cérémonie et vous dînerez avec nous. Vous pourrez sûrement apporter quelque secours à ma mère, que notre deuil rend presque folle.

Le curé frémit à l'idée d'un tête-à-tête avec la Douairière, mais sa contrition lui souffla que c'était au fond pénitence légère. Il accompagna humblement jusqu'au seuil son éminent paroissien.

— C'est entendu, monsieur Justin, je m'arrangerai avec mon emploi du temps. Je serai chez vous à six heures.

Derrière eux, Loupiac, que n'étouffaient ni le respect des aînés ni la religion, détourna les yeux de ce duo de sexagénaires trapus et trop en chair, dont le comportement relevait à son avis des mœurs d'Ancien Régime.

Près du bénitier, les enfants commençaient à se dissiper. Le journaliste tapa sur un dossier de siège pour les rappeler à l'ordre, puis leva le bras et commença à battre la mesure.

Les mains jointes sur l'estomac, le prêtre regardait avec reconnaissance le notaire qui le saluait de la main en embarquant dans sa voiture. Cristalline, la voix de Mimi Calcayras entama le deuxième couplet :

« Que faireu de ces souhiers, monsieur le curé,
Que faireu de ces souhiers, monsieur le curé ? »

— Vous êtes bien brave de vous intéresser à nos jeunes, constata le curé quand la comptine fut terminée. Moi, ils ne m'obéissent plus depuis longtemps.

— Pourquoi ne sont-ils pas encore en classe ? demanda Loupiac.

— Que voulez-vous, leur instituteur de Villeneuve a décidé de refaire le toit de l'école et le couvreur ne peut pas se rendre libre en juillet, pendant les vacances légales. Alors il a libéré tout le monde trois semaines plus tôt pour faire les travaux maintenant. Vous pensez bien que ce sont pas les enfants qui vont réclamer !

— Je les comprends. Ils me donnent envie de faire comme eux.

Du porche où il prenait congé d'Espadaillac, lui promettant de revenir très vite à Saint-Rémy qu'il comptait prendre, disait-il, comme sujet d'articles d'ambiance, le journaliste suivait de l'œil la dizaine de garçons et de filles qui s'égaillaient sous les tilleuls. Les plus rapides couraient déjà vers la maison de Sudre, en s'excitant de la voix à donner de grands coups de brodequins à une noix de galle en désagrégation. Deux retardataires traînaient encore à côté de la camionnette du *Petit Rouergat*. C'était le couple des vedettes du chœur. Autant le jeune Doucisse, neuf à dix ans, était maigre, grand, noir de poil et boutonneux, avec un air de demi-demeuré, autant Mimi Calcayras, sept ans maximum, minuscule de taille sous une tignasse blonde, montrait un museau rieur et l'œil pétillant d'une meneuse de troupe. Quand Loupiac s'approcha de son véhicule, Mimi le questionna sans la moindre timidité.

— Dis, c'est toi qui fais le journal?

— Oui, avec d'autres amis, de Villefranche et de Rodez.

Les deux enfants considérèrent avec étonnement ce garçon qui prétendait travailler avec des amis qui habitaient si loin les uns des autres.

— Tata Angèle dit que le journal c'est rien que des mensonges, laissa tomber le baryton Doucisse, avec une subite flamme de mépris dans le regard.

— Que fait ta tante Angèle?

— Elle connaît des tas de recettes, dit fièrement le soliste. Elle est cuisinière chez le notaire. Elle sait des tas de choses.

— Penses-tu! Elle n'en sait pas plus que toi et moi. Je te parie que tu ne peux rien me raconter de ce qu'elle dit.

L'entêtement du sieur Doucisse fut à deux doigts de l'entraîner à des révélations. Il ouvrait la bouche pour parler, quand la jeune Mimi reprit vivement le contrôle de la situation.

— Qu'est-ce que tu donnes si on te raconte? Tu as du chocolat?

Oui, il avait de quoi satisfaire leur gourmandise.

Pas du chocolat, mais des biscuits. Des carrés avec des dessins dessus. C'était une monnaie d'échange que Mimi ne jugea pas intéressante. Elle joua avec succès le dédain, le refus systématique, le regret d'une affaire mal engagée. Loupiac déclara « tant pis », « je ne crois pas que vous sachiez quelque chose qui vaille tous ces biscuits », « d'ailleurs vous vouliez du chocolat et je n'en ai pas, voilà tout ». La négociatrice reprit habilement le marchandage en admettant que l'acheteur pourrait promettre d'apporter d'autres gâteries à son prochain voyage. Loupiac promit, et pour gage de bonne foi, céda sur-le-champ tout son paquet de « Petits Lu ».

— Eh bien ! conclut une Mimi triomphante, tu sauras tout ce soir. N'oublie pas d'apporter le reste.

— Pourquoi ce soir ? voulut savoir le journaliste, qui avait la désagréable impression de s'être fait rouler.

— Parce que c'est le soir seulement que tu entendras la Musique, dit triomphalement le jeune Doucisse. Comme je l'ai entendue hier soir en raccompagnant tata Angèle jusqu'à La Giberne.

Il ajouta, avec une emphase respectueuse :

— Tata dit que c'est la musique des morts.

18

Germaine Martiel, heureusement pour l'adjudant Combes, n'était ni aussi encombrante ni aussi virago que sa sœur la boulangère. Petite personne sèche et sans âge, ses longues années d'infirmière à l'hôpital Purpan, à Toulouse, lui avaient laissé des habitudes de sobriété vestimentaire et verbale. Teint pâle, nez pointu, joues plates, elle tirait encore ses cheveux gris fer sous un foulard, ajusté comme l'avait été son voile d'uniforme. Des lunettes sobres cerclées d'acier affûtaient son regard gris. La voir ouvrir sa porte, écouter celui qui se présentait et répondre avec un sourire suffisait à convaincre qu'elle avait dû être, dans son service, compétente, efficace et de commerce facile.

Elle attendait si visiblement l'arrivée du gendarme qu'elle ne l'invita même pas à entrer dans sa maisonnette du tour de ville. Elle sortit sur le trottoir, referma sa porte derrière elle, et pêcha un trousseau de clefs dans la poche de son sarrau.

— J'imagine que vous voulez que je vous mène au cabinet de notre malheureux docteur, dit-elle.

Derrière les verres des lunettes, les yeux avaient juste cillé, avec la dose exacte d'horreur pour ce qui était arrivé, et un soupçon de chagrin évident.

Combes pensa fugitivement à la légende de l'infirmière amoureuse du médecin qu'elle assiste. Dans le cas de Bernard Delgayroux et de Germaine, il n'y avait évidemment eu aucune ambiguïté. La retraitée avait été dévouée totalement au docteur sans jamais se permettre le moindre écart sentimental, que la différence d'âge eût d'ailleurs rendu improbable. Cette femme est une perle, estima l'adjudant, en emboîtant le pas à la vieille fille.

Ils firent en silence les trois cents mètres qui séparaient le logement de Germaine Martiel de la Grand-Place, nichée à l'intérieur des fortifications : presque toute une face en était occupée par le vieil hôtel du XVIe siècle racheté par les ancêtres de Justin. La 203 de la brigade de Villefranche, qui avait amené au début de l'après-midi Combes, Vialatte et Berthier, était stationnée devant la plaque de cuivre et les panonceaux de l'étude, à l'ombre d'un figuier plus que centenaire.

Au bout de la rangée de hautes fenêtres, derrière lesquelles ses deux subordonnés étaient en train d'éplucher de vieux dossiers, Combes suivit Germaine jusqu'à une porte simple de bois sombre, timbrée d'une seconde plaque astiquée. On y lisait la même mention que sur les cartes trouvées dans la chambre de Bernard, « Docteur B. Delgayroux, externe des Hôpitaux, médecine générale ». Un petit panneau d'émail avait été vissé sous la plaque, indiquant « 1er étage, consultations de neuf heures trente à treize heures ».

— C'étaient des horaires de principe, dit brièvement la femme en glissant une clef dans la serrure. Les jours de marché le docteur recevait parfois jusqu'à quinze heures avant d'aller faire ses visites en campagne sans déjeuner.

La porte ouverte donnait immédiatement sur une haute volée de marches cirées, que Germaine gravit avec l'entraînement d'une habituée. L'adjudant mit un point d'honneur à ne pas trop se laisser distancer, mais il était très essoufflé en prenant pied sur un palier large et clair, dont un philodendron en plein délire occupait un bon tiers. Il grimaça en massant la cicatrice laissée par sa blessure d'Indochine.

— Fichtre, se plaignit-il, un escalier pareil, ça doit sélectionner les malades. Les plus touchés meurent en route et ceux qui arrivent en haut ne sont sûrement pas gravement atteints !

Il se trompa sur le regard sérieux de l'infirmière, croyant qu'elle avait trouvé sa plaisanterie de mauvais goût. Alors qu'il allait lui demander de l'excuser, elle pinça les lèvres et dit d'une voix très professionnelle :

— Vous devriez de temps en temps faire masser votre jambe, vous savez.

Elle ajouta, pour elle-même, en spécialiste qui savait depuis longtemps à quoi s'en tenir :

— Vous autres militaires, parce que vous vous prenez pour des durs, vous êtes les pires quand il s'agit de suivre un traitement.

Il rentra la tête dans les épaules et leva les mains comme si elle allait le punir. Il l'aurait embrassée pour la remercier de lui rappeler ainsi sa jeunesse. Elle eut un petit rire d'excuse, qui fit briller ses yeux derrière ses lunettes.

— Nous ne sommes pas là pour ça, dit-elle. Je pense que vous êtes pressé de voir le cabinet du docteur.

La pièce de gauche, où elle le fit entrer, surprit Combes autant par ses proportions que par la qualité de l'ameublement. Rien à voir avec la rigueur spartiate de la chambre de Bernard à La Giberne.

La fenêtre qui donnait sur la cour intérieure de l'hôtel, à droite de la porte, était garnie de vitres dépolies, sans doute par souci de discrétion. Un bel ensemble Empire, bureau à tiroirs et fauteuil, mêlait sobrement merisier et cuir vert. Deux autres fauteuils moins somptueux assortis à un divan étroit étaient destinés aux visiteurs. Derrière un paravent de laque unie se devinait une table d'examen chromée surmontée d'un Scialytique dernier cri. Tous les murs étaient masqués par de hautes bibliothèques vitrées, entièrement garnies de reliures de cuir sombre. Un tapis de teinte neutre, entre le bureau et le divan, complétait cet aspect cossu, qui paraissait au gendarme détonner avec la modestie d'un petit médecin de campagne.

Germaine Martiel s'aperçut vite que le visiteur n'était pas à son aise.

— Vous êtes comme la plupart des clients qui venaient consulter le docteur pour la première fois. Je lui ai souvent fait remarquer que ce cadre était trop élégant pour des malades de village. Il riait gentiment et me répondait que ce cabinet était le seul domaine où il souhaitait se réaliser pleinement. Je dois reconnaître que sa façon de traiter les patients était si amicale et si humaine qu'ils étaient tout de suite en confiance, et qu'aucun d'eux n'a jamais hésité à revenir, sans se soucier davantage du décor.

— Il avait donc une belle clientèle ?

— Beaucoup de notables du canton, de Villefranche, de Figeac même ; et beaucoup de gens simples aussi, des retraités, des ouvriers agricoles, des fermiers dont il suivait toute la famille. Avec tous ceux-là, il n'était pas regardant pour ses honoraires. Pas assez, je dirais. Quand je le tarabustais pour signer un rappel à l'ordre, il me disait que j'étais une affreuse grippe-sou et que le prix d'une visite comptait beaucoup plus dans le budget de ses malades que dans le sien. A mon avis…

Elle s'arrêta soudain, comme si elle avait eu conscience d'être indiscrète. Elle soupira et caressa légèrement le cuir du bureau pour en chasser une poussière imaginaire. Combes avait été très impressionné par le panégyrique si mesuré et si évidemment sincère qu'elle avait prononcé. Il insista, doucement.

— A votre avis ?...

— A mon avis, se décida-t-elle, il ne cherchait pas à gagner sa vie avec son métier. Je pense que son frère le notaire lui servait une rente pour ses besoins et s'occupait entièrement de ses affaires de finances.

— Ils s'entendaient donc plutôt bien.

— Tout à fait bien.

Elle était maintenant sur un terrain où le dévouement qu'elle avait marqué à son employeur ne jouait plus. Enthousiasme éteint, elle paraissait résolue à attendre les questions.

— Quand donc cette vie sans histoire s'est-elle déréglée ? demanda Combes.

A l'évidence, elle avait déjà repassé dans sa tête les petits faits qui l'avaient alertée. Elle les exposa avec la netteté d'une infirmière-major rendant compte des réactions d'un patient.

— Il y a un mois, dit-elle. Il m'a parlé de la disparition de son frère Arnaud, qu'il ne s'expliquait pas. Les relations avec ce frère revenu par un coup du sort d'une absence de vingt ans n'étaient pas excellentes. Mais autrefois ils avaient quand même vécu très proches l'un de l'autre pendant quinze ans. Et le docteur Bernard avait très peur aussi que l'autre ne devienne fou. Pendant quinze jours, il n'a pas arrêté de consulter un tas de bouquins sur la psychiatrie et de téléphoner à des spécialistes, à Toulouse ou à Paris.

— Avec quels résultats ?

— Il ne m'en a rien dit.

A la voir se replier avec son éternel sourire pincé, Combes se dit que Germaine Martiel avait été très déçue du manque de confiance manifesté par le dernier dieu qu'elle avait élu pour sa fin de carrière. Mais il n'était pas là pour consoler une vieille fille, si sympathique fût-elle.

— Que s'est-il passé ensuite ?

Machinalement, il s'était assis dans un des fauteuils qui faisaient face au bureau. L'infirmière, debout à quelques pas, ressemblait maintenant à n'importe lequel des témoins qu'il avait questionnés au cours de ses enquêtes ; sans doute plus attentive et plus précise que bien d'autres, mais gardant pour elle le fil de ses idées et de ses raisonnements.

— Il y a juste une semaine, lundi dernier donc, le docteur a apporté une paire de draps de Saint-Rémy et m'a demandé de faire son lit sur le divan. Il voulait éviter de redescendre à La Giberne ouvertement.

— Ce qui veut dire qu'il pensait s'y rendre en cachette ?

— C'est ce que j'ai cru comprendre, oui.

— A-t-il expliqué ce comportement bizarre ?

— Il croyait devoir surveiller les allées et venues de quelqu'un qui sortait discrètement de la propriété.

— Quelqu'un qu'il a désigné ? C'est important, mademoiselle Martiel. C'est peut-être le personnage qui a tué le docteur Bernard parce qu'il le surveillait.

— Je regrette. Non. Le docteur ne m'a dit aucun nom, et ne m'a donné aucune indication qui permette de l'identifier. Tout ce que je sais, c'est que ce même lundi, il a encore téléphoné à Paris et m'a dit de fermer le cabinet parce qu'il ne voulait voir personne.

— A-t-il couché dans le lit que vous lui aviez fait ?

— Je crois que oui. Mais le lendemain matin, il n'était pas là.

C'est à peine si sa voix se fêla quand elle ajouta :

— Et je l'ai plus jamais revu.

Combes s'ébroua. Il refusait de se laisser gagner une nouvelle fois par la complaisance qu'il éprouvait pour les témoins sensibles.

— Malgré l'interdiction, y a-t-il eu des visites, le lundi ou le jour suivant ?

— Mercredi seulement, dit Germaine sans avoir eu besoin de réfléchir. J'étais relativement inquiète et je suis venue au cabinet pour mettre de l'ordre si nécessaire. Ce garçon dont m'avait déjà parlé le docteur, l'infirmier de son frère, est arrivé.

— Le Canaque, tiens ! Que voulait-il ?

— Oh ! il a eu l'air très déçu que monsieur Bernard ne soit pas là. J'ai cru comprendre qu'il lui avait demandé de faire une démarche à Paris pour son rappel. Il n'a pas insisté et il est reparti.

— Personne d'autre ?

— Comment saurais-je ? Je ne suis pas revenue depuis.

— Le docteur vous a-t-il laissé une note manuscrite avant de partir, quelques consignes, des gens à contacter ?

Elle secoua la tête, comme si cette dernière rafale de questions la ramenait à l'inévitable, au définitif. Bernard Delgayroux était sorti de sa vie sans même lui laisser un signe indiquant qu'il avait pensé à elle. Combes détourna les yeux quand il vit son menton frémir avant l'arrivée des larmes.

— Je vous remercie, mademoiselle. Je vais vous laisser fermer le cabinet. Prenez vos affaires personnelles, si vous en aviez laissé ici. Si quelque chose d'autre vous revient en mémoire faites-moi appeler par la gendarmerie de Villeneuve qui viendra mettre les scellés à la porte de ce bureau. Nous nous reverrons certainement.

Il dévala dangereusement l'escalier, poussé par une allégresse, qu'il jugea coupable, de gamin sortant de l'école après une retenue. Dehors, il fut étonné de voir que le ciel, bleu une heure auparavant, s'était subitement chargé de nuages encombrants et sombres, peut-être en réponse aux prières des curés du diocèse et de leurs ouailles. La 203 de la brigade n'avait pas bougé. L'adjudant se dit qu'elle serait un excellent abri en cas de pluie. De toute façon, il n'avait pas envie d'attendre l'heure du rendez-vous fixé à Vialatte dans les locaux d'Hartman ou dans le salon d'accueil de l'étude. Il n'était pas question qu'il allât boire une bière au café de la Tour, sous les arcades de l'autre côté de la place. Son uniforme attirerait les curieux et surtout des bavards dont il ne pouvait guère attendre de renseignements valables. Vialatte n'avait pas fermé les portières à clef. Combes souffla de contentement, retira son képi, déboucla son ceinturon et se glissa sur la banquette arrière. Pendant quelques secondes, la nuque appuyée au dossier, il ferma les yeux pour tenter de réfléchir et de faire le point.

Le roulement de grenaille des rafales de pluie sur le feuillage du figuier le fit sursauter. Il n'avait pas conscience d'avoir somnolé, mais, comme s'il s'était senti en faute, il reboucla son ceinturon en vérifiant à travers les vitres que personne ne l'avait vu, débraillé et alangui au fond de sa voiture de service. Sous l'averse drue comme une giboulée de mars, la place était vide et fumait de tous ses pavés.

Ce petit somme volé aux convenances avait éclairci ses idées. Ce personnage inconnu qui se promenait en nocturne à La Giberne et que Bernard avait voulu surveiller ne pouvait être que le Canaque, Albert Pistoulet ou Justin Delgayroux. Partant du principe que cette surveillance maladroite avait déclenché le meurtre du docteur, il excluait d'office la femme du notaire de sa liste de suspects ; les coups de fourche, le transport du corps, le sabotage de la Simca n'étaient pas d'une femme.

L'hypothèse « Kakou » était confortée par les aveux de l'infirmier, qui avait admis ses rendez-vous avec Juliette ; mais le fait même qu'il ne les avait pas niés plaidait en sa faveur : il n'eût pas tué le malheureux Bernard pour l'empêcher de raconter ses fredaines, si faciles à découvrir par d'autres.

L'hypothèse « Pistoulet » n'était qu'une variante de la première. Elle supposait que le jardinier avait eu vent de l'aventure de sa fille et qu'il faisait des rondes nocturnes pour surprendre le séducteur ; dans ce cas-là, il eût plutôt accepté l'aide de Bernard, qu'il connaissait et estimait depuis si longtemps. Eût-il été jusqu'à l'assassinat s'il avait cru que Bernard était ce suborneur ? Combes ne doutait pas que cette solution aurait la préférence de Lespart, mais elle ne le satisfaisait pas ; il n'oubliait pas la disparition d'Arnaud et imaginait mal Albert Pistoulet trucidant les deux frères à un mois de distance pour avoir abusé de Juliette l'un après l'autre ; d'ailleurs Arnaud ne pouvait abuser de qui que ce fût.

La troisième solution était la plus déplaisante. Elle mettait en scène le notaire, le notable que personne dans la région n'accepterait aisément de voir accuser. Elle n'était étayée que par les accusations écrites d'Arnaud ; encore fallait-il retrouver trace des malversations dont le commandant avait affirmé l'existence, vingt ans plus tôt. Même en admettant qu'elles fussent prouvées, en quoi était-ce un mobile assez fort pour que Justin aille abattre de façon si brutale un frère qu'il avait manifestement aimé ? Pourquoi se serait-il échappé de nuit de chez lui ? Pour attirer Bernard dans un piège ?

Plus il réfléchissait, plus Combes découvrait d'arguments aptes à détruire chacune de ses hypothèses. Surtout, il mesurait combien il était désarmé par l'absence de preuves. Il admettait qu'il allait devoir choisir un coupable, et qu'il lui faudrait mener une attaque à l'esbroufe. Germaine Martiel n'avait-elle pas dit que Bernard avait consulté toute une bibliothèque de psychologie. Il n'avait pas le temps, ni sans doute les moyens, de dévorer et de comprendre autant d'ouvrages savants. Mais il allait faire de la psychologie, lui aussi ; et vite.

La pluie avait cessé, aussi brutalement qu'elle avait commencé. Le soleil revenu faisait fumer le figuier. Dans la 203 surchauffée, Combes se sentait misérable. La tête lourde, il baissa la vitre et huma l'odeur de terre mouillée. Les bras chargés de gros dossiers cartonnés, Vialatte et Berthier clignaient des yeux sur le perron de l'étude Delgayroux, saisis par la lumière crue de l'extérieur. S'ils furent étonnés, en arrivant à la voiture, d'y découvrir leur adjudant étalé sur le siège arrière, ils eurent la prudence de ne pas le montrer. Vialatte se contenta d'un compte rendu succinct :

— Nous avons embarqué les registres ayant trait à La Giberne et aux biens de la famille pour les années 1937, 1941 et 1964. D'après les relevés des numéros d'enregistrement, il y manque pas mal de pièces. Les explications du notaire devraient être instructives.

— Les lui avez-vous demandées ?

— Monsieur Delgayroux était parti avant notre arrivée. En précisant qu'il vous attendait à Saint-Rémy dans la soirée pour faire le point.

19

Suivant les critères de la gendarmerie, le maréchal des logis-chef Hartman était en fin de carrière. C'est un état qui, selon le caractère de l'intéressé, autorise les excès d'activité, ou encourage les crises d'attentisme les plus aiguës. Hartman appartenait à ces serviteurs de l'ordre et de la loi que le poids des années passées sous l'uniforme avait éreintés. Soutenu dans son désir de paix et de tranquillité par le tempérament lymphatique de son épouse, que d'obscures maladies de femme avaient transformée en obèse geignarde, le maréchal des logis-chef gérait sa brigade dans la crainte « d'avoir des histoires ».

C'est dire que l'accident du docteur Delgayroux, survenu sur son territoire, avait été catalogué comme « tuile ». La transformation de l'intitulé de l'affaire, devenue « meurtre » dès que l'adjudant Combes s'en était mêlé, était classée par Hartman au rang des catastrophes. Quant à l'épithète dont il gratifiait le chef de brigade de Villefranche, mieux valait qu'il la réservât pour son privé.

La mort dans l'âme, la crainte des complications au cœur, il n'en exécutait pas moins avec conscience tous les ordres de Combes, puisqu'ils étaient appuyés par le procureur. Dans l'euphorie d'une enquête qui progressait, il ressentait même, de temps à autre, une vague excitation qui lui rappelait sa jeunesse.

Comme en ce lundi paisible, alors qu'il tombait dehors une averse bienvenue et qu'il interrogeait dans son bureau le dénommé Aristide Desjoyaux, connu dans tout le canton sous le sobriquet d'Ari-les-Bourses. Ari était une pièce rapportée à Villeneuve. Il y était arrivé vingt ans auparavant, sans papiers, évadé selon ses dires des geôles de la kommandantur de Toulouse. Le pays lui avait plu; il y était resté, avec la qualification d'ancien résistant; la municipalité avait fini par le nommer cantonnier, non qu'il s'y connût en cassage de cailloux, mais parce que l'obligation de passer une partie de ses journées sur les routes l'empêchait de poursuivre de façon scandaleuse les femmes honnêtes de la bourgade.

Au demeurant, Ari était décoratif, debout au bord d'un talus, appuyé sur sa pelle, avec son mètre quatre-vingt-cinq et ses cinquante kilos. Pour peu que l'on s'arrêtât et qu'on engageât la conversation, le cantonnier devenait loquace et étalait une culture chatoyante allant de la connaissance des grands poètes aux récits de voyages lointains.

Hartman ne savait pas lequel de ses gendarmes avait eu l'idée de questionner Ari sur ce qu'il aurait pu voir sur la route de Saint-Igest, mais le début de l'interrogatoire paraissait intéressant.

— Etiez-vous au travail sur la route de la Gare, la semaine dernière ?

— « Y a des cailloux sur toutes les routes, sur toutes les routes y a des chagrins » ! Mais là, justement, j'y étais, rapport que je m'étais fait livrer une tonne de gravier pour boucher les fondrières.

— Il faisait beau. Avez-vous dormi sur votre chantier comme cela vous arrive quelquefois, paraît-il ?

De notoriété publique, Aristide aimait davantage encore le vin que le beau sexe, et garnissait sa musette en conséquence. Ces consommations exagérées entraînaient des somnolences qui couchaient le malheureux dans le fossé, de l'après-midi au milieu de la nuit ; parfois jusqu'au matin. La question d'Hartman le fit ricaner.

— « Le soir l'âme du vin chante dans les bouteilles », dit-il. Vous savez ce que c'est, brigadier. C'est vrai que j'ai couché sur place deux ou trois nuits... Il faisait beau. « Les souffles de la nuit flottaient sur Galgala. Tout reposait dans Ur et dans Jerimadeth. »

Hartman enchaîna, pour n'avoir pas à demander de précisions géographiques.

— N'avez-vous rien entendu, rien remarqué d'anormal au cours de ces soirées de bivouac ?

— Ma foi si, maintenant que vous m'y faites penser. C'était... c'était dans la nuit de mardi à mercredi, mais tard, vers trois quatre heures. Il restait peut-être une heure ou deux de nuit. Une voiture était certainement passée à côté de moi sans me réveiller, mais elle a dû rater le virage d'en dessous, ou le suivant. J'ai entendu un bruit terrible de tôles froissées, « d'os et de chairs meurtries et traînées dans la fange, de muscles pleins de sang et de membres affreux, que des chiens dévorants se disputaient entre eux ».

— Vous avez entendu des chiens ? Etes-vous sûr ?

Aristide baissa un regard méprisant sur le gendarme.

— Evidemment non, concéda-t-il, les chiens, c'est une citation. Il y a eu, seulement, le bruit d'une auto qui se crashe dans un ravin. Et je vais répondre tout de suite à la question que vous alliez me poser : non, je ne suis pas allé voir. D'abord parce que je n'avais pas de lumière, ensuite parce que j'ai entendu quelqu'un qui remontait sur la route en courant.

— Qui était-ce ?

— Allez savoir. J'ai fait deux ou trois pas vers le milieu de la route pour l'intercepter, mais c'était un rapide, ce gars-là. « L'homme, une espèce de Maure, saisit un pistolet qu'il étreignait encore »...

— Comment dans l'obscurité avez-vous pu reconnaître un pistolet ?

— Oh ! Bon Dieu ! c'était pas exactement un pistolet. Plutôt un manche de pioche. Au passage il m'en a donné un coup dans les côtes qui m'a renvoyé sur le talus. Il a filé par le fossé d'en face, vers les bois. Bien sûr, j'allais pas le poursuivre dans le noir.

— Pourquoi n'êtes-vous pas venu me raconter votre histoire dès le lendemain matin ?

— Comment j'aurais su que c'était la voiture du docteur qui m'avait fait cette peur dans la nuit ? Dès que le jour s'est levé, je suis descendu à pied jusqu'à la gare et j'ai rien vu du tout, ni traces sur le bas-côté, ni trou dans les buissons, ni morceaux de ferraille. J'allais pas me vanter qu'un fou furieux m'ait flanqué un coup de baton au vol ! A part le bleu qu'il m'a fait, j'aurais aussi bien pu rêver tout ça.

— Vous croyez-vous capable de le reconnaître ?

Le cantonnier fit la moue. Son regard délavé et incertain disait qu'il aurait besoin d'un très sérieux verre de rouge pour reconnaître qui que ce fût. Pourtant il répondit, à sa manière.

— A le voir, c'est non. Mais si je l'entendais courir, et si je pouvais le sentir, ma foi... Vous savez, « les parfums, les couleurs et les sons se répondent ».

Un brouhaha, à l'extérieur du bureau, servit à Hartman de prétexte pour arrêter cet interrogatoire qui commençait à lui donner la migraine. Ari-les-Bourses était catalogué comme un original. Pour sa part, il le trouvait complètement dérangé. Il ouvrit la porte et regarda dans la salle d'attente. Combes était là, avec son adjoint et ce gendarme maigre qui semait des mégots partout.

— Je suis content que vous soyez passés, mon adjudant, dit le chef de la brigade de Villeneuve, soulagé. J'ai dans la pièce à côté un témoin qui, sans doute possible, s'est colleté avec l'assassin du docteur, et qui peut nous donner, à une heure près, la date de l'accident.

Combes leva les sourcils, puis le pouce dans un geste appréciateur.

— Bravo, dit-il avec chaleur. Il semblerait que la piste se réchauffe.

Comment déjà le poète l'avait-il formulé ? « On a souvent besoin d'un plus petit que soi » ?

Soucieux des détails, il se fit répéter par le menu la déposition du cantonnier. Sans doute y trouva-t-il de quoi étayer une de ses hypothèses. Il paraissait en tout cas très sûr de lui quand il décrocha le téléphone d'Hartman pour appeler le bureau du procureur.

— Je vous rends compte que je vais très certainement ce soir arrêter le meurtrier du docteur Delgayroux.

— Rappelez-vous qu'il me faut des preuves, répéta Lespart. Si vous n'avez que des présomptions, Combes, ne vous risquez pas. Attendez que nous en discutions.

— J'aurai mieux que ça, exulta Combes, qui se forçait à prendre un ton triomphant. Venez donc vous-même à La Giberne vers dix heures. Vous entendrez les aveux du coupable, monsieur !

— Vous me tentez, Combes. Je tâcherai d'être à votre rendez-vous.

Resté auprès de l'adjudant pendant cette conversation, Hartman avait été très impressionné par son assurance. Aussi ne songea-t-il pas à discuter les ordres. Il y avait pourtant matière à hésiter pour quelqu'un craignant les histoires. Son homologue villefranchois lui avait tout simplement enjoint de faire sortir pratiquement tout son effectif pour assurer un bouclage, une surveillance qui pourrait durer la moitié de la nuit, et une arrestation nécessitant au besoin l'usage de ses armes.

Pour dévoué qu'il fût, Vialatte ergota davantage. Il attira Combes dans un coin du bureau :

— Si j'ai bien compris ton programme, tu vas passer la soirée chez le notaire en faisant surveiller sa propriété et en me demandant d'aller chercher à Villefranche la moitié de nos hommes pour interdire toutes sorties de Saint-Rémy. Tu convoques le procureur pour qu'il t'admire en train de jouer ton numéro de shérif et tu arrêtes un meurtrier. Evidemment, que ça se passe en dehors des heures légales, tu t'en fous !

— Complètement.

— Permets-moi de te dire que tu vas faire une connerie.

Combes sourit devant les sourcils froncés de son adjoint.

— Merci de me mettre en garde. Je sais aussi bien que toi que je peux me tromper et que je risque des ennuis sérieux. Mais je suis certain d'une chose : ce que je vais faire va débloquer la situation.

20

Hartman avait fait arrêter sa camionnette sur le talus de la nationale, juste avant le virage qui dominait le paysage de Saint-Rémy. Il avait plus d'une heure pour descendre avec ses hommes jusque dans les bois qui fermaient le domaine Delgayroux, de la tour du pigeonnier à la face nord de la grande mare. Il n'avait pas de difficulté à retenir la seule consigne que lui avait donnée l'adjudant : « Empêchez qui que ce soit de sortir du village. » Il leva le bras pour signaler qu'il était à pied d'œuvre, et regarda la 203 des Villefranchois disparaître derrière le tournant.

Vialatte, qui la conduisait, n'avait pas desserré les dents depuis Villeneuve. Les décisions de son chef avaient le don de le plonger dans un état second, où l'exaspération le disputait à l'ahurissement et parfois à l'admiration. Il stoppa au carrefour de la petite route qui plongeait vers le pont et le village. Combes et Berthier sortirent de la voiture.

— Vous aurez largement le temps de dîner avant de ramener la cavalerie, dit Combes en se penchant vers la vitre ouverte. Pas la peine d'arriver avant la tombée de la nuit.

Avant de redémarrer vers Villefranche, Vialatte bougonna quelques mots. Les deux hommes restés debout à côté du poteau indicateur crurent comprendre qu'il avait dit « faites quand même attention à vous ! ».

— Croyez-vous qu'il y aura des coups de feu dans l'air, mon adjudant ? s'enquit Berthier d'un ton faussement dégagé.

Combes évita de répondre, haussa les épaules et partit dans le raidillon. La promenade de quelques centaines de mètres que son minutage lui accordait ferait le plus grand bien à ses nerfs. A condition de s'empêcher de penser à l'avenir immédiat et de profiter de la fraîcheur du début de soirée. Sans doute Berthier était-il dans les mêmes dispositions d'esprit ; il avait allumé la énième cigarette de la journée et toussotait en butant sur les cailloux.

— Pourquoi ne vous mariez-vous pas ? demanda l'adjudant. Je suis sûr qu'une gentille petite femme vous interdirait de fumer comme un malade !

Le gendarme resta muet. Cent fois répétée à la brigade, cette plaisanterie ne l'amusait plus. Ce soir, elle l'inquiétait plutôt. Si le patron ne trouvait rien d'autre à dire pour détendre l'atmosphère, c'est qu'il était bougrement préoccupé.

Lorsque les deux hommes, après le passage du pont, embouquèrent la longue rue droite qui défilait devant les maisons du village, ils furent surpris d'y voir une animation inattendue. A hauteur de la maison de Maillac, quatre ou cinq personnes piétinaient autour d'une camionnette blanche que Combes reconnut aussitôt. Bon sang, il avait demandé à ce Loupiac de jouer les indicateurs, mais pousser la conscience professionnelle à ce point !

— Qu'est-ce que vous faites ici ? attaqua-t-il sèchement dès que le journaliste sortit de chez Jules, un verre à la main. Qui vous a prévenu que j'allais venir ?

— Mais personne ! Je suis venu faire mon boulot.

Je vous présente deux informateurs, payés de mes deniers, qui m'ont appris des choses intéressantes sur Saint-Rémy *by night.* J'avais l'intention de contrôler leur histoire, voilà tout.

Cramponnés d'une main sale au jean de Loupiac, le visage barbouillé, un garçonnet trop tôt poussé et une aventurière blonde de six ans contemplaient les deux gendarmes avec des yeux passionnés. Derrière le groupe, trois adultes, le vieux Sudre, Albert Pistoulet et Jules Maillac soi-même avaient les mines réjouies d'honnêtes travailleurs qui finissent leur journée en vidant quelques verres.

Combes se détendit, puis sursauta au moment où la jeune personne aux cheveux de paille vint crocher le pan de sa vareuse de toile de cinq doigts peints au chocolat fondu.

— Méfiez-vous, rit Loupiac, Mimi Calcayras est très entreprenante. Elle m'a honteusement fait chanter avant de me renseigner.

Tout à trac, il raconta comment Angèle Doucisse, rentrant à La Giberne le dimanche soir, prétendait avoir entendu de la musique au fond du parc. Et comment elle l'avait fait entendre à son neveu.

— Si vous aviez dans l'idée d'aller vérifier cette information cette nuit avec ces deux enfants, dit Combes, je vous l'interdis formellement. Faites rentrer ces gosses chez eux. Je ne veux personne dehors après dix heures.

— *Macarel*, constata amèrement Maillac, déjà qu'il y a pas de distractions ici, si en plus on nous fout le couvre-feu comme pendant l'Occupation !...

Derrière la crête lointaine, au-delà de la mare, le soleil couchant rougissait un coin de ciel. Des nuages aussi noirs que celui de l'après-midi commençaient à s'étaler, assombrissant la pièce d'eau. La nuit tomberait plus vite que prévu.

— Espérons qu'il ne pleuvra pas, soupira Berthier.

— J'imagine que ce serait plus désagréable pour les gens de Villeneuve qui vont passer trois heures dehors que pour nous deux qui allons faire salon chez le notaire.

En passant l'entrée de La Giberne, au moment où il allait poser le pied sur le gravier de la cour, Combes s'arrêta d'un coup et stoppa son compagnon du bras. Il tendit l'oreille. Plus qu'une musique organisée, quelques notes détachées, venues d'au-delà des thuyas, se faisaient entendre à intervalles irréguliers, comme pincées par les doigts d'un accordeur de guitare.

— Croyez-vous qu'il s'agit de la musique à laquelle s'intéresse le journaliste ? souffla Berthier.

L'adjudant fit non de la tête, et sur la pointe des pieds s'approcha de l'extrémité du rideau d'arbres. Assis sur le banc, devant la maison d'Arnaud, le sergent Kakou, en short, torse et pieds nus, tendait les cordes d'un instrument bizarre, qui était sans doute un ukulélé.

— Bonjour, cria Combes, vous êtes seul ?

Le Canaque leva la tête en souriant et salua d'une main nonchalante. Il gratta cette fois un accord complet.

— Pour le moment, oui, dit-il. Venez-vous me voir ?

— Non, répondit Combes. J'ai autre chose à faire, malheureusement.

Berthier se demanda si le sergent-infirmier faisait partie du dispositif mis en place par son chef pour appréhender son coupable.

QUATRIÈME PARTIE

21

Bizarrement, l'ambiance qui régnait dans le salon des Delgayroux n'avait rien d'une veillée de deuil. Peut-être à cause des dissemblances entre les personnes présentes. A côté du notaire et de sa femme, redevenus fidèles à leur vieille image, la Douairière se comportait avec un entrain presque joyeux, tapotant d'une main impatiente ses bouclettes mal arrimées qui cascadaient en désordre autour de ses oreilles, jusqu'au tour de cou de strass et de moire qui étranglait ses fanons. Le gendarme Berthier, que Justin avait tenu à faire asseoir sur une bergère habillée de soie à fleurs, s'immobilisait comme une potiche, son képi sur les genoux. Il se demandait s'il allait sortir de sa poche son carnet de notes, et si la maîtresse de maison allait lui proposer un cendrier, pour y déposer le mégot qui lui brûlait les phalanges. Dans les deux fauteuils qui faisaient face à cette brochette, le curé et l'adjudant attendaient, chacun à sa manière, de connaître le programme de la soirée. Espadaillac n'avait pas fait de frais de toilette ; il évitait soigneusement de tourner les yeux vers Alice, dont l'agitation lui paraissait de mauvais augure ; il mastiquait à vide dans l'attente du dîner qui lui avait été promis. Combes patientait en souriant. Il était curieux de savoir quelles révélations allaient faire les Delgayroux.

— Je crois, avait dit le notaire quand les gendarmes s'étaient excusés de leur retard, qu'après avoir dormi si longtemps, la vérité ne perdra rien à se faire attendre une heure ou deux de plus.

Tout le monde pensait évidemment aux malheurs qui affligeaient la famille, sauf peut-être Alice, mais Isabelle avait choisi de jouer les mondaines plutôt que les éplorées. Elle proposa des apéritifs à la ronde, en poussant un chariot à roues chromées et caoutchoutées, garni de verres, de bouteilles et d'un seau à glace. Alice minauda et réclama deux doigts de porto ; Justin reçut sans l'avoir demandé un verre de cognac étendu d'eau ; le curé se contint pour paraître discret, juste assez pour que l'on insistât ; après quoi il admit que, peut-être, un anis avec des glaçons... Dans l'élan de ces mondanités, Berthier faillit se laisser aller à accepter lui aussi un cognac et ne refusa in extremis que devant les sourcils froncés de son adjudant.

— Veuillez nous pardonner, dit Combes, mais nous sommes hélas en service ce soir.

Le notaire écarta les bras d'un air navré. Son souci de créer une atmosphère de bonne entente était si transparent que le gendarme eut pitié de lui.

— Croyez que ça n'a rien de personnel. Nous sommes bien obligés de nous conformer au règlement.

Loin d'arrondir les angles, cette phrase qui rappelait combien cette réunion était commandée par les événements ruina les efforts de Justin. Il leva son verre jusqu'à ses lèvres, puis le reposa, sans boire. Espadaillac baissa le nez sur son anisette, comme s'il se demandait s'il dépendait lui aussi d'un règlement coercitif. Isabelle se rassit et avala une gorgée de son porto, les yeux fixés sur ceux de Combes. Il crut lire dans ce regard un mélange de sérénité et de défi qui le mit mal à l'aise. Il se surprit à se demander la nature de ce défi ; chaque fois depuis cinq semaines qu'il avait rencontré Isabelle Delgayroux, il s'était refusé à porter attention à sa réelle beauté un peu froide ; il craignait maintenant d'y être trop sensible. Ces yeux gris cherchaient-ils à le séduire ? Ou avait-elle seulement deviné son impatience et s'attendait-elle à ce qu'il déclenchât les hostilités ?

S'il ne le faisait pas, qui donc allait rompre ce silence embarrassant ? La surprise vint de celle qu'on croyait perdue dans un autre univers. Alice, que la maladresse de Suzanne Pistoulet ou sa propre coquetterie avait outrageusement maquillée, fit entendre un petit rire grinçant. Dans le vieux visage ridé, les yeux brillaient d'une gaieté méchante et le nez acerbe pointait comme un poignard au-dessus des lèvres barbouillées d'un rouge agressif. La vieille dame paraissait heureuse de la gêne qu'elle suscitait, comme une fillette mal déguisée en adulte se préparant à tenir un rôle de cocotte dans une soirée familiale. Elle lapa son porto avec avidité et se remit à grincer, sans quitter Combes du regard. En arrivant il s'était attendu à ce qu'elle fît un esclandre comme lors de sa première visite à La Giberne, mais elle n'avait pas paru le reconnaître.

— Louis, mon chéri, dit-elle enfin, chaque fois que je te vois dans ce fauteuil, tu sembles avoir peur de mon mari ! Tu sais bien qu'il ne te veut pas de mal !

L'apostrophe plongea le curé, Berthier et Combes dans une confusion compréhensible. Justin se laissa aller à sourire, heureux que le souvenir d'une scène vieille de vingt-sept ans lui ait donné l'idée de sa mise en scène ; il avait choisi de faire asseoir l'adjudant à cette place exacte et avait convié sa mère à descendre au salon dans le seul but de la faire divaguer en public. Belle réussite.

— Voyons, mère, dit-il benoîtement, vous savez bien que ce monsieur n'est pas votre Louis.

Alice fronça ses sourcils pâles et retrouva sur-le-champ son expression habituelle de victime hautaine. Berthier, qui se souvenait que la Douairière s'était abattue sur la table mise la première fois qu'il l'avait vue, se demanda irrévérencieusement si elle allait cette fois-ci se laisser tomber du canapé.

— Pouvez-vous me dire qui est ce Louis ? questionna Combes.

— Pardonnez-moi. Vous ne connaissez sans doute que les grandes lignes de l'histoire. Il s'agit de Louis Moscato, qui était premier clerc à l'étude de mon père. Accessoirement, il était aussi l'amant de ma mère et le père d'Arnaud et de Bernard. Ce qui en fait presque un membre de la famille.

L'adjudant ne manifesta pas autant d'étonnement que son hôte s'y attendait. Bernard lui avait déjà raconté l'ancienne idylle d'Alice. Mais que les deux plus jeunes frères Delgayroux aient été des bâtards était une vraie révélation. Il tentait de réfléchir aux nouveaux éclairages que ce vieil adultère apportait à son enquête.

— Je pense que vous êtes sûr de ce que vous dites concernant vos deux frères, concéda-t-il. En avez-vous jamais eu une preuve ?

— Mon père a détruit ces preuves, répondit lentement Justin. Il s'agissait de deux lettres anonymes que ma mère elle-même lui avait adressées, en même temps qu'elle inondait nos relations de billets racontant son inconduite.

— Pourquoi diable a-t-elle fait une chose pareille ?

— Je crois qu'elle commençait à dérailler. Elle voulait faire souffrir « ses » hommes, mon père qui l'étouffait, Moscato qui l'ennuyait et ses trois fils qu'elle a toujours détestés.

— Je vous assure, interrompit énergiquement la voix grinçante de la sulfureuse Alice, que mon triste mari n'a pas tué cet imbécile de Louis.

Près de trente ans après le scandale, elle avait l'air de regretter que les deux rivaux ne l'aient pas aimée assez passionnément pour en venir au meurtre.

— Mais oui, mère, nous le savons. Votre complice n'est mort qu'en 1950, à Madagascar, d'où il me donnait régulièrement de ses nouvelles depuis son installation, après la guerre.

Le notaire se tourna vers Combes, le temps d'une explication :

— Les lettres de monsieur Moscato ont été classées normalement dans les dossiers que vos hommes ont certainement épluchés cet après-midi.

Silencieusement, Berthier confirma d'un hochement de tête. L'adjudant regarda avec curiosité le visage de la vieille dame indigne dont les joues se creusaient sur des mâchoires édentées. Elle branlait du chef, déjà retournée à une indifférence béate qu'entretenait la dernière goutte de porto humée dans son verre.

Du menton et d'un coup d'œil Justin la désigna à sa femme et montra l'étage du doigt. La Douairière ne fit aucune difficulté pour suivre vers la porte du vestibule sa belle-fille qui la tirait silencieusement par le coude. Elle ne salua personne, pas même le curé Espadaillac, qui s'était mis debout, autant par habitude courtoise que par effroi de côtoyer une pécheresse si déterminée. On sentait que pour lui les révélations faites par le maître des lieux avaient sapé les colonnes du temple...

— Maintenant, reprit le notaire, j'ai quelques écritures à vous montrer. Peut-être vous êtes-vous aperçus qu'elles manquaient dans mes classeurs. J'ai préféré vous les montrer moi-même ce soir. Vous auriez pu ne pas les remarquer et je les crois importantes pour vous faire comprendre les relations entre les membres de notre famille.

Il alla chercher sur la tablette d'une majestueuse bibliothèque d'ébène, à côté de la cheminée, une mince chemise de carton qu'il tendit à l'adjudant. Elle contenait quatre feuillets seulement. Ils étaient manuscrits, d'écritures différentes, et tamponnés par un responsable de l'enregistrement qui avait rajouté les cotes à la plume. La rédaction de ces pièces était manifestement d'un légiste, mais derrière le jargon habituel, le sens était parfaitement clair.

Le premier de ces actes était daté du 12 juillet 1937 ; cosigné par deux clercs de l'étude de maître Delgayroux, notaire à Villeneuve-d'Aveyron, servant de témoins, c'était le testament holographe dudit tabellion, Arsène Delgayroux. Il y était dit en substance que les précédentes dispositions prises pour sa succession par le testateur étaient annulées et remplacées par de nouvelles volontés :

« La propriété et les revenus de ma charge seront affectés à mon seul héritier, Justin Delgayroux, qui recevra seul également la propriété de mes biens tant meubles qu'immeubles, à savoir tant mon hôtel sis dans le bourg de Villeneuve que mon domaine de La Giberne dans le hameau de Saint-Rémy. A charge pour lui de servir, leur vie durant, une rente décente, dont je laisse le montant à sa seule appréciation, à ses deux demi-frères Arnaud et Bernard, nés d'une liaison adultérine de mon épouse Alice, et qui portent, illicitement quoique légalement, le nom de Delgayroux. Si l'un ou l'autre de ces garçons dont j'ai seul assuré l'éducation venait à discuter ce testament en justice, je déclare accepter par avance toute enquête qui aurait pour but de prouver la justesse de mon déni de paternité. »

Justin avait regardé attentivement Combes pendant qu'il déchiffrait l'écriture appliquée de l'ancien notaire.

— Vous avez compris, expliqua-t-il avec l'amabilité un peu dédaigneuse de l'homme de loi pour le béotien, que mon père avait décidé que je serais le seul maître à sa mort.

— Voulez-vous me dire qu'Arnaud a refusé les termes de ce testament ? Que c'est la raison pour laquelle il a rompu les ponts et s'est engagé dans l'armée ?

— Pas du tout. Il nous a quittés parce qu'il avait appris que notre mère était l'auteur des lettres anonymes qui avaient ravagé notre famille et hâté la mort de mon père. Il ignorait alors l'existence de ce testament. Lisez donc la suite.

La pièce suivante avait été enregistrée le 2 novembre de la même année 1937. « Cinq jours après le décès de papa », précisa Justin. C'était une déclaration signée du nouvel héritier qui choisissait de suspendre les dispositions testamentaires nouvelles, et de revenir aux dispositions légales en cas de mort intestat.

Combes fut stupéfait par cette générosité. Il regarda d'un œil différent ce gros homme qu'il avait soupçonné depuis des semaines d'être uniquement une machine à faire de l'argent. Cet acte de pur désintéressement le sidérait.

— Pourquoi avez-vous ainsi refusé votre héritage ? demanda-t-il avec un involontaire respect.

Justin fit la moue et haussa les épaules, comme s'il était aujourd'hui incapable de se souvenir des sentiments qui l'avaient fait agir.

— Je crois, hésita-t-il, que l'injustice de mon père, compréhensible en soi, m'a violemment choqué. Nous trois, les frères Delgayroux, nous étions très unis malgré notre différence d'âge. Cela faisait des années que j'étais au courant de la liaison de ma mère avec le sieur Moscato. Je ne voulais absolument pas qu'Arnaud et Bernard soient privés des moyens financiers de s'établir. J'étais certain que nous trouverions plus tard, grâce à notre affection réciproque, la solution de notre problème familial, sans spoliation ni procès. D'ailleurs, c'est ainsi que nous avons vécu avec Bernard jusqu'à la semaine dernière.

— Mais pas avec Arnaud ?

Debout, mains dans les poches, le notaire balança pensivement la tête.

— Non. Déjà, en partant pour la guerre, il avait rechigné à me signer une procuration, comme si j'avais combiné je ne sais quoi contre lui. A son retour de captivité, mon mariage avec Isabelle l'a rendu fou de rage. Il m'a carrément accusé de vol et m'a menacé des pires représailles. Pour le faire taire, je lui ai montré les deux actes que vous venez de lire. A défaut de calmer sa rancœur, cette découverte l'a convaincu qu'il n'avait rien à gagner à faire le méchant. Je lui ai promis par écrit de lui faire tenir aux adresses qu'il me communiquerait une rente équivalent au montant de sa solde. La troisième pièce que vous avez entre les mains est la copie certifiée conforme de cette promesse.

— Et vous avez payé ?

— Non. Jusqu'à son retour il y a sept mois, il n'a jamais donné signe de vie. Je n'ai jamais su où le joindre. Mais les sommes correspondantes sont déposées sur un compte bancaire à son nom. Je le lui ai dit à son retour ici.

— Si sa disparition est officiellement prouvée, qui héritera de ce pactole ?

Isabelle était revenue silencieusement depuis dix minutes et avait repris sa place sur le canapé. Elle avait suivi la longue histoire des démêlés juridiques de la famille avec autant d'attention que la veille, lorsque son mari, excédé par le harcèlement du journaliste à la sortie de la messe, avait choisi de partager avec elle ce lourd fardeau de chagrins et de mauvais souvenirs. Loin de lui en vouloir de son si long silence, elle l'avait admiré, autant pour sa générosité d'autrefois que pour sa discrétion. Même quand il avait cru qu'elle renouait avec Arnaud, il n'avait rien dit qui pût dénigrer son cadet. Quand il revint s'asseoir auprès d'elle après la question du gendarme, elle prit la main de Justin et la serra entre les siennes, en jetant à Combes un nouveau regard de défi, où n'entrait cette fois aucune coquetterie.

— Qui héritera ? répéta Combes.

— A moins qu'Arnaud n'ait déposé quelque part un testament, dit sobrement le notaire, cet argent me reviendra, amputé des droits de succession.

Avant que son interlocuteur ait eu le temps de faire un commentaire, il continua :

— Je vous conseille de lire aussi la pièce numéro quatre, dans votre chemise. C'est le testament de Bernard, dont je suis aussi le seul et légitime héritier.

Dans le second fauteuil, Espadaillac, atterré par les turpitudes de paroissiens jusque-là tenus en si haute estime, avait fermé les yeux. Ses lèvres remuaient avec un bruit mouillé, comme s'il priait. Sur sa bergère, Berthier avait tourné la tête vers son adjudant. Il s'attendait manifestement à l'entendre prononcer une accusation en bonne et due forme.

— Ma foi, dit Combes paisiblement, on dirait que vous accumulez les mobiles. Arnaud d'abord, avec ce capital plus que conséquent. Bernard ensuite, parce qu'il vous aurait percé à jour. Vous voilà revenu aux termes du dernier testament de votre père. Vous êtes le dernier Delgayroux.

— Dites-moi donc pourquoi j'aurais attendu

vingt-sept ans pour prendre de force ce qui m'était donné dès le début ?

Justin avait l'air apaisé. L'adjudant lui sourit et leva les deux mains avec un faux accablement.

— C'est justement la question que je me pose, cher maître. Peut-être votre cœur s'est-il endurci. Peut-être votre étude fait-elle de mauvaises affaires et avez-vous besoin de liquidités, que le pécule d'Arnaud vous procurerait. Peut-être avez-vous une maîtresse qui vous coûte trop d'argent !

Il rit franchement de l'air outré qu'arbora le visage d'Isabelle.

— Pardonnez cette mauvaise plaisanterie, madame. J'ai une autre réponse à toutes mes questions. Votre mari n'est en rien coupable de la disparition de vos deux beaux-frères. J'en suis certain.

Les quatre autres se dressèrent d'un coup, comme si le tonnerre venait de tomber au milieu du salon.

— Maintenant que nous sommes entre gens de bonne compagnie, acheva Combes qui monopolisait la parole, j'accepterais volontiers de boire une petite anisette, comme monsieur le curé.

Il était pourtant écrit que le règlement ne serait pas transgressé ce soir-là. Au moment où Isabelle, radieuse, commençait à servir le verre demandé, des éclats de voix retentirent dans le vestibule.

Berthier se précipita pour ouvrir la porte et se trouva nez à nez avec le chef Hartman. Celui-ci tenait son képi cabossé à la main. Il était rouge et visiblement furieux :

— Je vous amène un couple qui voulait quitter les lieux en douce et qui a fait tout un scandale pour me suivre jusqu'ici.

22

Outre qu'il était marié à une femme plutôt simplette, ce dont il réussissait à s'accommoder, Albert Pistoulet se désolait d'être le père d'une fille aussi séduisante que Juliette.

Autrefois, une jeune personne du sexe, à condition d'être convenablement éduquée, d'avoir sous les yeux de solides modèles des vertus familiales et d'être constamment surveillée, par les siens ou par les voisins, ne risquait guère, dans les petits villages de campagne profonde, de se détourner des chemins de l'honnêteté et des bonnes mœurs. Les femmes ne lisaient pas les gazettes, n'allaient à la ville que très rarement, travaillaient dur et n'échappaient pas au mariage avec les garçons qu'elles connaissaient depuis leur naissance. La beauté y avait moins de part que les biens. Que les tentations fussent réduites limitait les débordements. Seules quelques jeunesses de tempérament chaleureux osaient alors faire scandale, au hasard des passages d'un colporteur ou du facteur. Encore se croyaient-elles obligées de quitter leur famille et leur village. La mère pleurait parfois, le soir, en songeant à sa fille perdue. Le père, après avoir fulminé contre le vice qui faisait honte à son nom, prétendait que c'était lui qui avait jeté dehors la pécheresse. «Je n'ai plus de fille», disait-il sombrement.

Telle était la conception première que Pistoulet avait d'une existence féminine à son éveil. Il avait pourtant été obligé d'admettre que les temps avaient changé. Depuis la fin de la guerre, le monde campagnard s'était considérablement ouvert aux tentations du modernisme. L'électricité avait amené la radio, l'automobile avait charrié des visiteurs, l'école du canton avait peu à peu répandu une morale moins stricte. Même en bicyclette, les filles allaient seules à la ville pour le ravitaillement; «Le planteur de Caïffa» ne passait plus à Saint-Rémy avec sa camionnette. Quelquefois elles allaient aussi au cinéma à Villefranche, ce que le jardinier des Delgayroux avait longtemps considéré comme le début de la dépravation.

Mais depuis quelques mois, le malheureux Albert, pourtant fier de la fraîcheur de Juliette, avait noté qu'elle franchissait d'autres étapes. Il avait d'abord découvert, traînant à côté du lit de sa fille, dans la soupente où il entrait rarement, une pile de revues illustrées dont il avait parcouru quelques pages, dans un ahurissement qui avait rapidement tourné à l'indignation; il n'était question que d'amours contrariées puis triomphantes, entre de délicates demoiselles, travailleuses et incomprises, et de fiers et riches garçons qui offraient à leurs belles l'accès d'un univers totalement utopique, du moins aux yeux d'un jardinier de campagne.

— *Milladious*, avait-il sacré, tu vas me foutre au feu toutes ces couillonnades.

— Pas mes romans-photos, avait glapi Juliette, avec une passion qui avait sérieusement alerté son père.

Sans comprendre ensuite qu'elle suivait une route dangereuse, il avait remarqué qu'elle avait toujours une chanson aux lèvres. C'était quelquefois un air déjà seriné par la radio qu'elle l'avait forcé à acheter avec l'argent du lait, où une voix mâle chantait « les plaines du Far West pendant la nuit » ; d'autres fois d'étranges mélopées sans paroles, rythmées et en même temps sirupeuses, qu'il n'avait jamais entendu fredonner.

Il ne s'inquiéta réellement qu'en entendant battre la porte d'entrée de son logis, à une heure qui lui sembla le milieu de la nuit. Il était peut-être onze heures du soir et sa femme Suzanne, depuis longtemps rentrée du service de la Douairière, dormait à côté de lui. Juliette, qu'il surprit pieds nus et passablement ébouriffée, prétendit qu'elle était sortie regarder les étoiles. C'était à son absence une explication qui manquait de crédibilité. Son père ne la crut pas, d'ailleurs, même s'il dut s'en contenter.

De ce soir-là, les Pistoulet vécurent dans une ambiance de suspicion et de dissimulation propres à les entraîner à tous les excès. Albert, persuadé que sa fille avait un galant, ne songeait plus qu'à surprendre les tourtereaux sur le fait. C'était conforme à la tradition. Indispensable pour que l'honneur de la famille soit sauf. Juliette, elle, qui se rendait compte sans doute que la couleur de peau de son prétendant allait poser quelques problèmes à la compréhension des villageois, cherchait à profiter au maximum du temps présent avant d'étaler ses amours au grand jour. Elle s'évadait de la maison familiale de plus en plus tôt, changeait ses itinéraires et ses lieux de rendez-vous. Kakou s'amusait beaucoup de ces jeux de piste. La fillette était jolie, drôle, ardente, et paraissait jusque-là assez rouée pour empêcher son père de mettre le nez dans leurs affaires. Le Canaque, comme il l'avait avoué à l'adjudant de gendarmerie, prenait goût à cette existence sans contraintes : il était logé, nourri, payé à ne rien faire, libre de se déplacer à sa guise et d'organiser à son idée son emploi du temps. Il ne voulait pas trop réfléchir aux lendemains de cette aventure. L'insouciance faisait partie de son caractère.

C'était un tort, car Albert Pistoulet ne se laissait pas endormir par les précautions de sa fille. Ce lundi de juin en particulier, il s'était mis dans la tête que le séducteur de Juliette pouvait bien être ce grand flandrin de journaliste qui traînait dans Saint-Rémy depuis deux jours. Somme toute supportable, puisque ce Loupiac était originaire de la province et pourvu d'un métier acceptable, cette idée lui paraissait presque un baume, après les soupçons de plus en plus précis qu'il avait nourris d'une intrigue entre sa Juliette et l'infirmier noir qui habitait le pavillon de monsieur Arnaud. Il n'y avait aucune raison à ce qu'Albert imaginât la solution Loupiac, sinon qu'il la préférait viscéralement à la catastrophe Kakou.

En tout cas, cette éventualité entraîna chez lui un relâchement préjudiciable de la surveillance qu'il tissait généralement dès l'heure de la soupe du soir autour de sa fille. Rentré chez lui sur les talons du gendarme après avoir bu un verre chez Maillac ce lundi soir, il ne la vit même pas sortir de la maison, après qu'elle eut desservi l'assiette dans laquelle il avait lapé son bouillon de porc aux choux. Il avait dîné plus tard que d'habitude. Dehors il faisait nuit quand il sortit à son tour, furieux de s'être laissé surprendre par sa diablesse.

— Juliette, *ben aqui*, gueula-t-il de la porte.

Il lui sembla voir une silhouette claire, qui pouvait être celle de Juliette, refermer la barrière qui séparait leur jardin de la rue et s'évanouir vers le fond du village, en direction du portail de La Giberne. S'il courait derrière elle, sa fille ne manquerait pas de prétendre qu'elle était allée chercher sa mère. Ces temps-ci Suzanne était retenue assez tard au service de la vieille Alice ; l'excuse serait vraisemblable. Mais Albert avait dépassé le stade de la bienveillance. Il se lança à la poursuite de son fantôme.

Cette fois, il était persuadé qu'il allait toucher au but. Il avait le galop lourd, mais il était revenu sur les talons de la silhouette fugitive. Aucun doute, elle ne pouvait aller que chez ce *macarel de diou* d'infirmier aux cheveux crépus ! Dans un dernier effort il rejoignit son gibier et crocha d'une main, au hasard.

— Reste tranquille, milledieux, voulut-il souffler.

Il ne réussit qu'à trébucher, tant le coup de boutoir donné par sa proie avait été violent. Avec un sanglot de terreur la femme s'était arrachée à la poigne du jardinier, lui laissant aux doigts un lambeau de manche. Les gens de Saint-Rémy n'étaient pas habitués à la violence. La brutalité du contact entre Albert et celle qu'il avait poursuivie les jeta tous deux dans un monde inconnu de colère et de peur mêlées, de coups aveugles et de cris sauvages, comme s'ils s'étaient débattus en pleine noyade. Aux moulinets essoufflés de Pistoulet répondaient les couinements et les coups de griffes de la furie qui lui avait échappé ; bizarrement, elle ne cherchait pas à se sauver davantage mais à rendre coup pour coup.

Sans doute le chef Hartman avait-il eu le temps de réfléchir aux consignes que lui avait données l'adjudant avant sa mise en place : « Empêchez qui que ce soit de sortir du village », avait dit Combes. Dans son esprit, cela signifiait aussi qu'il devait intervenir en cas d'événement anormal susceptible de couvrir les fuites annoncées. Le tumulte de la bagarre qui se déroulait sur le gravier de la cour de La Giberne, au pied de la barrière de thuyas, lui parut justifier pleinement son intervention. Il se lança en avant, heureusement suivi de trois de ses gendarmes jusque-là tapis entre le ruisseau et le pigeonnier. La cohésion et le nombre donnèrent le succès à la loi, non sans qu'Hartman lui-même ait été à demi assommé par le poing de Pistoulet. Plus chanceux, ses subordonnés réussirent à maîtriser les forcenés ; ils furent traînés sans beaucoup de ménagements jusqu'à la porte de la grande maison, qui résonna sous le poing du chef.

— Je vous amène un couple qui voulait quitter les lieux en douce et qui a fait un scandale pour me suivre jusqu'ici !

Albert Pistoulet, haletant et encore furieux, saignait d'une joue ouverte par un coup d'ongle ; tombée à ses pieds, enveloppée dans un tablier de cuisine, sac de sanglots secs et rageurs, Angèle Doucisse hoquetait en tapant le parquet d'un poing affolé :

— Il est fou, il est fou, il est fou, il...

— Mon jardinier et ma cuisinière ! s'exclama Isabelle, stupéfaite.

A côté d'elle, son mari et le curé étaient tout aussi ahuris. Berthier n'osait pas montrer son étonnement. Il se disait que son adjudant avait tout prévu et que cette surprenante péripétie faisait partie du scénario. Il souriait d'un air entendu, comme si tout était pour le mieux. Cette gaieté factice énerva Combes que l'arrivée d'Hartman et de ses prisonniers imprévus avait déjà troublé dans ses certitudes.

— Bon sang, Berthier, cessez de rire comme un crétin, grinça-t-il. Vous pensez bien que je n'espérais pas qu'Hartman me ramène ces deux-là !

Malgré son agitation, Pistoulet parut sensible au mécontentement du gendarme et aux regards horrifiés des Delgayroux.

— Milledieux, cracha-t-il, qu'est-ce que l'Angèle foutait là ? Je l'ai prise pour ma fille, qui a filé de chez moi sans prévenir !

Ils se posaient tous la même question, et regardaient la malheureuse cuisinière comme si elle était responsable de cet imbroglio. Ni le notaire, ni Isabelle, ni bien sûr Espadaillac ne savaient ce que l'adjudant attendait de cette soirée, mais ils avaient compris, sans en avoir réellement conscience, que l'explication finale était proche. Cette rixe entre seconds couteaux en faisait-elle partie ?

Angèle cessa de gémir et de renifler. Elle resta assise mais redressa le buste. Machinalement, elle tenta de relever d'une main sa manche déchirée et fixa sa maîtresse d'un œil furibond.

— Albert est devenu fou, souffla-t-elle, luttant visiblement pour reconquérir un semblant de dignité.

— Bon Dieu, explosa Combes, qu'est-ce que vous faites dans cette histoire ?

C'était quasiment les mêmes mots que ceux qu'avait jetés son agresseur. Angèle s'irrita de cet acharnement à son égard.

— Allez rendre service aux gens, dit-elle avec colère, en écartant brutalement la main du curé qui voulait l'aider à se relever. Je suis été jusque chez Pistoulet pour le prévenir que Suzanne serait en retard rapport qu'elle doit faire coucher madame Alice. En arrivant à sa barrière, j'ai entendu la même musique que dimanche dernier. Alors j'ai eu peur et je suis revenue en courant. Et voilà que ce forcené me galope au derrière et me saute dessus en m'appelant Juliette. J'ai même pas eu le temps de lui dire que sa traînée de fille, je l'ai croisée en partant. Elle doit être chez son nègre depuis un bon moment.

Elle s'était peu à peu calmée, à se voir écoutée par tout ce monde, et elle n'avait pu gommer une trace de triomphe en prononçant sa dernière phrase, plantée comme une banderille dans le cuir de son adversaire. Celui-ci réagit à la seconde et tenta de faire demi-tour et de se jeter vers la cour et le pavillon du Canaque. Les hommes d'Hartman, qui le tenaient aux coudes, l'immobilisèrent une nouvelle fois.

— Maintenant, dit Combes d'une voix faussement calme derrière laquelle tous ceux qui encombraient le salon sentirent la menace, vous allez tous vous tenir tranquilles. Hartman, repartez avec votre équipe rejoindre les emplacements que je vous avais désignés. Vous, Pistoulet, cessez de vous monter la tête. On vous rendra votre fille tout à l'heure, je vous le promets. Quant à vous, madame la cuisinière, je voudrais que vous me parliez de cette musique, que vous entendez quelquefois.

De s'entendre appeler madame par le gendarme, Angèle oublia presque son aventure. Encadré par les mèches dérangées de son chignon, qui pendaient sur ses joues enflammées, son sourire disait combien elle était satisfaite de se voir promue au rôle intéressant de témoin. Elle manquait bien un peu de vocabulaire pour raconter avec précision les sons qu'elle avait entendus, trois fois déjà avant ce soir. Elle repoussa les successives propositions de Combes, qui demandait si la « musique des morts », comme elle l'avait baptisée devant son neveu, était jouée par une guitare, par un piano, par un orchestre. Non, elle n'était pas chantée non plus. Elle finit par trouver la juste qualification des concerts qui lui avaient été offerts.

— C'était un phonographe, triompha-t-elle. Comme celui que madame faisait tourner autrefois.

Manifestement, ses connaissances techniques ne lui permettraient pas d'affiner davantage en précisant le genre des morceaux qui troublaient de façon si bouleversante le silence nocturne de Saint-Rémy.

— C'était pas un air pour danser, dit-elle seulement. Ni quelque chose de gai. Plutôt comme de la musique d'église.

Elle accepta de bonne grâce les remerciements de l'adjudant, mais fut proprement ulcérée qu'il lui suggérât de rejoindre à présent sa cuisine. Madame Isabelle la calma heureusement d'un sourire amical et d'un clin d'œil complice, qu'elle emporta, en maugréant à demi, pour aller fermer ses placards à vaisselle et son réfrigérateur. Elle se ferait peut-être chauffer une tisane avant de monter se coucher ; le sommeil serait long à venir.

Dans le salon rendu à sa tranquillité bourgeoise, ignorant provisoirement Albert Pistoulet tassé sur une chaise à côté de la porte donnant sur le vestibule, sombre et muet, les Delgayroux et le curé fixaient Combes, en attendant quelques éclaircissements. Que signifiaient ces questions sur une musique qu'aurait entendue Angèle, et cette intrigue, apparemment connue, entre Juliette et le Canaque ? En quoi ces péripéties pouvaient-elles contribuer à résoudre le mystère des disparitions d'Arnaud et de Bernard ?

— Avez-vous toujours votre phonographe, madame ? demanda l'adjudant.

— Non, répondit Isabelle. Quand on nous a annoncé le retour d'Arnaud, et qu'il a fallu équiper rapidement le pavillon que Justin lui destinait, j'ai pensé que la musique pourrait peut-être meubler les soirées de mon malheureux beau-frère. J'ai d'ailleurs souvent entendu tourner mes vieux disques depuis qu'il est revenu.

Avant même que la question fût posée, elle compléta sa déclaration :

— Je dois dire que depuis plus d'un mois, je n'ai plus rien entendu. J'imagine que l'infirmier ne goûte pas les classiques.

— Je ne me souviens pas avoir vu de phono dans le pavillon, pensa Combes à voix haute.

— Nous n'avons pas fouillé la chambre de Kakou, rectifia Berthier. Il peut très bien avoir rangé les disques et l'appareil dans un placard et s'en servir quand il est seul, quelquefois.

L'adjudant parut soupeser la proposition de son subordonné. Il cligna des yeux et haussa les épaules, comme pour se débarrasser de ce détail secondaire. Il se tourna vers le notaire :

— Pardonnez-moi, mais j'ai pris la liberté de demander à monsieur Lespart, le procureur, de venir chez vous ce soir, afin qu'il assiste à l'arrestation du meurtrier. Je pense qu'il ne va plus tarder maintenant.

Sans doute pour réchauffer l'ambiance, que l'annonce abrupte de la fin du programme venait de geler, il ajouta à l'adresse d'Isabelle :

— Puisque nous avons un peu de temps, j'accepterais volontiers maintenant cette anisette que vous m'aviez offerte avant que ne déboulent votre cuisinière et votre jardinier.

Sur sa chaise, l'œil farouche fixé sur un coin de tapis, Albert Pistoulet renifla misérablement.

23

Dès l'arrivée du procureur, sans davantage expliquer le déroulement de l'opération à venir, Combes avait insisté pour que tout le monde sortît de la Grande Maison. Il attendit que Lespart, le notaire, sa femme, le curé et Pistoulet fussent alignés contre la porte refermée, à la naissance du gravier, pour leur chuchoter quelques précisions. La nuit était claire, sous un début de lune qui blanchissait la cour, coupée par la grande ombre de la barrière de thuyas.

— Mon adjoint vous a vu arriver à l'entrée du village, souffla-t-il au procureur. Il doit être en train d'aborder le pavillon du commandant Delgayroux du côté de l'étang. Il ne va pas tarder à nous amener ce qu'il aura trouvé là-bas.

Vialatte et ses voltigeurs manœuvraient en tout cas comme des chasseurs aguerris. Leur progression ne dérangeait ni un caillou ni un oiseau. Aucun bruit ne coupait le silence angoissé qui immobilisait le petit groupe. Berthier se retenait pour ne pas secouer le malheureux Espadaillac, dont les halètements, pourtant presque inaudibles, lui paraissaient aussi indiscrets que ceux d'un moteur. Combes refusait désespérément de penser qu'il s'était trompé sur toute la ligne, et que sa représentation et sa mise en scène allaient tout droit à un échec retentissant. Pourvu que la réaction intempestive de la brigade d'Hartman, qui s'était découverte trop tôt tout à l'heure, n'eût pas alerté son gibier !

A peine cinq minutes plus tard, son inquiétude augmenta. Ils entendaient tous, l'oreille affûtée par ce long silence forcé, des piétinements sur la route en direction du village, et des exclamations étouffées, comme celles d'une troupe s'amassant à l'ombre des tilleuls.

— Ne bougez pas, souffla-t-il encore à l'oreille du procureur, avant de s'élancer jusqu'au portail ouvert.

Ce qu'il distingua en y arrivant l'ahurit quelques secondes, avant de le jeter dans une colère froide. A moins de vingt mètres du portail, deux silhouettes casquées, sans doute deux de ses gendarmes, tentaient d'arrêter la progression d'une vingtaine de villageois de tout poil, hommes, femmes, enfants, que l'agitation nocturne dans leur bourgade avait rendus fous de curiosité. Combes courut au-devant d'eux. Au vol, il reconnut quelques visages, aux yeux brillants sous la lune, la face enluminée de Maillac, les nièces Doucisse, la silhouette noire et chapeautée du vieux Sudre, la coiffure d'épouvantail de Loupiac, le père et la mère Calcayras, les mèches blondes du petit démon aux doigts pleins de chocolat qui accompagnait le journaliste.

Quand ils prirent conscience de la présence de l'adjudant devant eux, ils cessèrent subitement de pousser et de récriminer.

— Qu'est-ce que c'est que ce foutoir ? gronda Combes à l'adresse du gendarme Cayrol, qui transpirait sous son casque et paraissait furieux.

— Le chef Vialatte nous a laissés, Moreau et moi, pour empêcher les gens du village de venir se mettre dans vos jambes, rendit compte le malheureux planton. Il faudrait leur tirer dessus pour les faire tenir tranquilles, ces excités.

— On a le droit de savoir ce qui se passe chez nous, glapit dans la masse une voix qui devait être celle de Sudre, aussitôt soutenue par un concert de vociférations.

Combes fut pris d'une rage qui lui fit presque oublier que ce vacarme risquait de rendre inutiles tous ses efforts et ceux de ses hommes pour préparer discrètement son opération.

— L'arme à la main, commanda-t-il d'une voix claire, si menaçante que tous l'entendirent.

Pendant que ses deux gendarmes faisaient passer par-dessus leur tête la bretelle de leur fusil, il ajouta quelques avertissements énoncés d'une voix si maîtrisée qu'ils figèrent sur place les plus énervés de la manifestation.

— Si vous ne faites pas immédiatement le silence, je fais jeter en prison messieurs Sudre, Maillac et Loupiac pour encouragement à l'émeute et entrave à l'action de la justice. Si vous bousculez encore mes hommes j'ajouterai à ces motifs rébellion contre la force armée.

— Vous n'avez pas le droit, voulut ergoter une voix.

— Ici, monsieur Loupiac, vous n'êtes qu'un agitateur. Faites très attention à vous.

Cette fois, ils étaient matés. Par-dessus les épaules des deux hommes en uniforme qui tenaient à l'horizontale, des deux mains, une arme dont ils n'hésiteraient peut-être pas à se servir, les habitants de Saint-Rémy, qui n'avaient au fond rien d'autre à défendre que leur curiosité, jaugèrent la silhouette campée devant eux. Aucun d'entre eux ne souhaitait envenimer les choses. Ils voulaient seulement savoir ce qui se passait, assister aux événements qui mettraient fin à ce mois de tension et d'inquiétude qui avait bouleversé leur communauté.

— Suffisait de nous le dire, articula calmement le vieux Sudre. On attendra ici de voir comment ça tourne.

— Ça vaudra mieux pour tout le monde, conclut l'adjudant. Et surtout, évitez de brailler. Si ça tournait mal, comme dit monsieur Sudre, vous pourriez bien vous faire tirer dessus dans l'obscurité.

Il fit demi-tour pour revenir à La Giberne. Cette passe d'armes avait finalement dénoué ses nerfs, crispés par l'importance de la partie qu'il jouait cette nuit.

Dans la cour, contre le mur de la maison, les cinq personnes groupées autour du procureur Lespart n'avaient pas bougé d'une ligne.

— Toujours rien, souffla le procureur, que cette attente commençait à troubler.

Brusquement, de l'autre côté de la haie sombre, le silence fut rompu par un long coup de sifflet, aussitôt suivi d'éclats de voix et de coups assénés à un panneau de bois. Combes accepta de commenter en aveugle, pour ses voisins que ces nouveaux signes d'activité rendaient impatients de comprendre.

— Mon adjoint Vialatte fait les sommations d'usage à la porte du pavillon, dit-il. En principe nous devrions trouver les tourtereaux au nid.

Le premier, Albert Pistoulet avait saisi que l'un de ces tourtereaux s'avérerait être sa fille. Mais quand il se raidit, prêt à s'élancer, repris par la fureur qui l'avait ce soir mené au scandale, il se trouva ceinturé par les bras de Berthier, et la main de madame Delgayroux se posa sur la sienne, pour le calmer.

— Ne faites pas de bêtises, Albert, dit Isabelle d'une voix apaisante. Les gendarmes ont déclenché la guerre. N'allez pas vous jeter entre les combattants. Je suis certaine que des deux côtés ils ne veulent pas de mal à votre Juliette.

L'adjudant n'eut pas le temps de remercier la femme du notaire de son intervention. L'abordage du pavillon, au-delà des thuyas, ne se déroulait apparemment pas aussi aisément que prévu. La voix de Vialatte virait au coup de gueule, couvrant un concert de galopades et de fracas de bois éclaté :

— Bon Dieu, enfoncez-moi cette porte ! Ils ne sont tout de même pas endormis, là-dedans ! Et surveillez les fenêtres de derrière.

Un fortissimo d'exclamations salua l'irruption des gendarmes dans la bâtisse, suivi d'une courte accalmie, qui devait correspondre à la fouille rapide des quatre pièces. Puis le tumulte reprit, ponctué par les ordres que le chef débitait en rafale :

— Sortez la fille de là et allongez-la sur le banc ! Pommiès et Grinchard, prenez contact avec le chef Hartman. Je ne veux pas que ce salopard arrive jusqu'à sa voiture. Jégou, allez prévenir l'adjudant. Passez par le portillon, côté pigeonnier ! Sacré nom de nom de Canaque !

Le portillon, Combes y était arrivé avant Jégou. Presque bousculé par ses compagnons d'attente, que freinait difficilement un Berthier haletant, partagé entre son énervement contre l'indiscipline des civils et l'inquiétude que déclenchaient ces événements imprévus. Passe encore pour Lespart, qui tirait la manche de l'adjudant avec excitation en demandant ce qui devait se passer maintenant. Mais que penser de l'agilité du notaire qui tirait sa femme par la main, et de l'affolement du curé Espadaillac, qui fonçait derrière ses compagnons en faisant voler les graviers sous ses lourdes bottines de campagne ? Pistoulet avait disparu, sans doute conscient qu'il arriverait plus vite au pavillon et à sa fille en passant par l'autre bout de la haie et la plage herbeuse de l'étang.

Le gendarme Jégou surgit de l'autre côté de la barrière au moment où se renouait tout ce groupe d'état-major. Il rendit compte d'une voix hachée par l'essoufflement et la tension :

— On dirait que les deux amoureux ont avalé chacun un tube de comprimés d'on ne sait pas quoi. Il y a toute une pharmacie en vrac sur la table de nuit. La fille Pistoulet est complètement dans le cirage et doit avoir besoin d'un solide lavage d'estomac. Quant au Canaque, il s'est glissé par la fenêtre de derrière au moment où on enfonçait la porte. Le chef Hartman, qui a immobilisé la deux-chevaux du fugitif, a resserré son dispositif jusqu'au mur d'enceinte côté route. Nous contrôlons le bord de l'eau. Votre bonhomme est forcément encore là-dedans, acheva-t-il en balayant du bras l'étroite bande buissonneuse entre la pelouse et la tour du pigeonnier.

— Dans quel état est-il ? voulut savoir Combes qui reprenait espoir. Le chef Vialatte le croit-il également drogué ?

Jégou n'avait fichtre pas eu le temps de recueillir l'opinion de son chef. Il balança comiquement sa tête casquée :

— Allez savoir ! Il peut aussi bien s'être dopé aux barbituriques qu'avoir bouffé du lion.

L'adjudant analysa rapidement la situation. Son expérience d'homme de guerre l'empêchait de trop regretter l'échec de sa première manœuvre. Maintenant que Kakou s'était enfui, il était tout à fait sûr d'avoir découvert le coupable. Mieux, tous ceux qui l'entouraient en seraient également persuadés. Il ne restait plus qu'à le prendre, avec le moins de casse possible.

— Jégou, commanda-t-il, dites au chef Vialatte de faire amener la jeune Juliette ici, au plus vite. Madame Delgayroux voudra bien téléphoner de toute urgence au docteur Garbès à Villeneuve pour lui demander de venir à Saint-Rémy avec une ambulance.

Isabelle partit en courant vers l'entrée de la Grande Maison. Combes eut presque envie de la féliciter à voix haute de son efficacité. Il allait avoir besoin dans les minutes à venir de l'obéissance immédiate de tout son monde.

— Berthier, lâchez donc monsieur le curé ; il ne va pas forcer les barrages. Allez me chercher la voiture du procureur. Manœuvrez pour l'amener jusqu'ici, de façon à diriger vos phares sur le pigeonnier.

Le gendarme courait déjà à grandes enjambées sur le gravier ; monsieur Lespart, à la lumière de la lune, avait l'air réjoui d'un garçonnet enfui de son collège guindé pour un après-midi d'école buissonnière.

— Vous croyez qu'il est là-dedans ? souffla-t-il.

— Pas encore. Mais il pourrait bien tenter de s'y retrancher.

Ils essayaient tous deux de surprendre un mouvement dans ce décor d'argent sombre d'où jaillissait, massive et vaguement menaçante, la tour de pierres sèches couverte de ses ardoises grises, où les pigeons se taisaient, sans doute endormis.

La complicité entre les deux chasseurs, qui se voyaient toucher au bout de leur traque, avait aboli les différences entre leurs conceptions du métier. Ni l'un ni l'autre ne se souciait plus d'horaire réglementaire, de mandat signé et enregistré, voire même de hiérarchie ; le procureur trouvait tout naturel que le gendarme gardât l'initiative des opérations ; inconsciemment ravi de s'être découvert un compagnon de jeu aussi passionné que lui, Combes s'attendait à partager avec Lespart toutes les décisions qu'allait réclamer la situation. Aussi ne se détourna-t-il pas en entendant dans son dos renaître une agitation bruyante qu'il attribua aux villageois. Tout naturellement le procureur se chargea de régler ce problème.

La horde des curieux de Saint-Rémy, que Cayrol et Moreau n'osaient pas molester, avait nerveusement réagi au vacarme déclenché par l'assaut du chef Vialatte. Coup de sifflet, éclats de voix, bris de porte avaient été très nettement perçus, sinon exactement compris. Malgré leur fusil haut brandi, les deux gendarmes ne faisaient pas le poids pour empêcher le troupeau de marcher au canon, et de franchir le portail d'entrée de La Giberne.

La vieille révérence qu'ils accordaient à la maison des notables du village les avait à peine ralentis. La manœuvre rageuse dans laquelle venait de se lancer Berthier, au volant de la voiture de monsieur Lespart, qui martyrisait le gravier, moteur ronflant et tous phares allumés, les stoppa davantage. La silhouette enfin éclairée du civil venu de Villefranche, qu'ils ne connaissaient pas mais qui en imposait, complet bleu marine et cravate, bras levés et visage autoritaire, acheva d'arrêter la ruée.

— Je suis le procureur de la République, dit à voix forte le personnage. Je vous somme de rester là où vous êtes. Ne gênez pas l'action des forces de l'ordre, qui ont la situation bien en main.

Ce langage officiel avait sonné si solennellement dans la cour qu'il fit taire les grondements et les murmures des manifestants. Le groupe se resserra, exhalant un grand soupir de confiance et d'attente, comme celui que pousserait un public de cirque à l'annonce du numéro le plus dangereux de la soirée.

Les yeux écarquillés sur les deux ou trois cents mètres carrés où devait se cacher son coupable, l'adjudant ne s'était même pas retourné. A peine avait-il salué d'un ricanement involontaire la dernière affirmation de Lespart. Les prières du curé, qui soufflait derrière son épaule, l'aideraient vraiment à «avoir la situation bien en main».

— Puis-je vous aider? souffla la voix du notaire. Que désirez-vous que je fasse?

— Ne restez pas ici, s'impatienta Combes. Rentrez chez vous et aidez votre femme à sauver la petite Pistoulet. Et de grâce, empêchez votre jardinier de venir se mettre dans mes jambes.

Depuis une bonne minute, la voiture du procureur était en place, à moins d'un mètre du portillon. Combes et Berthier s'appuyaient sur l'aile droite, Lespart, qu'avait rejoint le chef Vialatte, sur l'aile gauche. Dans l'éclairage cru des phares, les premiers buissons du petit parc brillaient comme des paillettes d'argent, encadrant le mur de pierres jaunies du pigeonnier où s'ouvrait un porche en ogive, souligné par les tiges verticales de quelques roses trémières. La moitié supérieure de la tour restait hors de la grande lumière, dominant la scène comme les cintres d'un théâtre.

Dans le silence patient et vigilant qu'observaient les quatre hommes, à vingt mètres à peine du décor, on n'entendait que les marmonnements de basse-taille du curé; le père Espadaillac priait, à genoux, derrière la voiture. Plus loin, la foule retenait son souffle.

— Eh bien! se décida Combes, on ne va pas passer la nuit ici.

Il fit deux pas pour se placer en pleine lumière et appela :

— Sergent Kakou, montrez-vous. Vous n'avez aucune chance de nous échapper. Mieux vaut vous rendre sans faire d'histoires.

Il avait forcé sa voix, qui avait dû porter jusqu'à la route nationale, et s'en voulut aussitôt d'avoir cédé à son goût du spectacle. Malgré lui, il tourna la tête vers son adjoint, s'attendant à le voir sourire. Mais Vialatte n'avait aucune envie de moquer. Les yeux grands ouverts, il fixait la porte du pigeonnier, qui s'ouvrait lentement en grinçant, sous le petit porche.

— Le voilà, souffla-t-il, accompagné par un bref et profond murmure du chœur, tétanisé au fond de la cour par l'apparition du méchant.

Sa chevelure crêpelée en auréole, torse nu aux muscles noueux et luisants, vêtu d'un short à fleurs, le Canaque avait indéniablement une « présence ». Son regard, sous l'arcade sourcilière proéminente, n'était pas celui d'un drogué, mais trahissait plutôt un affolement à peine maîtrisé de fauve aux abois ; le pistolet automatique qui pendait à sa main droite disait aussi bien qu'une menace qu'il n'était pas prêt à se laisser faire.

— Alors, aboya-t-il, qu'est-ce que c'est que ce cinéma ? Qu'est-ce que vous me voulez ? Si c'est à cause de la fille, pas la peine de mettre les gendarmes et un procureur dans le coup !

— Ferme-la, salopard, gronda Vialatte en mettant la main à l'étui de son pistolet. Tu ferais mieux de lâcher ton arme.

Tout allait trop vite, trop brutalement. Combes ne voulait pas de fusillade, de bain de sang. Il ne se rendait même pas compte qu'il était en première ligne, offert en pleine lumière à la réaction désespérée de son vis-à-vis. Il leva une main, furieux.

— Taisez-vous, tous, cria-t-il. Et cessez de jouer aux petits soldats, les uns et les autres.

Il fit un effort pour maîtriser cette rage qui le faisait trembler et recouvrer sa voix froide de gendarme en service.

— Au nom de la loi, dit-il enfin, sergent Kamouni Kakou, je vous arrête. Vous êtes accusé, entre autres choses, de meurtre sur la personne du commandant

Arnaud Delgayroux et sur celle du docteur Bernard Delgayroux. Tout ce que vous direz pourra être retenu contre vous.

S'il avait cru que l'apostrophe réglementaire allait marquer la fin de la pièce, il ne garda pas longtemps cette illusion. Sans pour autant abandonner son arme, le Canaque s'était détendu. Il avait presque l'air de sourire. Un sourire hargneux qui retroussait ses lèvres épaisses sur une dentition de cannibale.

— Ecoutez, mon adjudant, dit-il très civilement, vous devriez m'expliquer un peu pourquoi et comment j'aurais fait ce que vous dites.

— On ne va pas discuter ainsi en public, voulut abréger le gendarme.

Un grondement bref du chœur des villageois, qui s'était sans doute approché de l'action, manifesta la désapprobation générale. « Cet animal de Loupiac les excite pour avoir des détails pour son article », songea Combes, bien décidé à combattre son propre énervement et à éviter la violence.

— Mes amis de Saint-Rémy aimeraient bien aussi comprendre pourquoi vous m'accusez de tout ça, gouailla Kakou.

Les huées et les sifflets qui accueillirent cette prétention lui prouvèrent brutalement que ces amis étaient imaginaires. Mais l'adjudant en avait assez de ces palinodies.

— Très bien, allons-y, puisque tout le monde veut tout savoir. Vous avez supprimé le commandant parce qu'il s'était aperçu que vous le voliez depuis six mois. Vous avez caché son corps pour faire croire à une disparition après m'avoir apporté deux lettres, dont je ne pourrais pas reconnaître l'écriture, qui feraient porter les soupçons sur le frère du commandant avec lequel il ne s'entendait pas. Pour appuyer ces soupçons, vous avez écrit aussi au notaire deux lettres anonymes lui racontant de prétendus rendez-vous du commandant avec sa femme.

— En somme, ricana le Canaque, j'écris beaucoup. Tout ça ne dit pas où j'aurais caché le cadavre de mon premier crime.

— Je crois que j'en ai une idée, maintenant. D'autres que moi l'ont trouvé, et c'est pour ça qu'ils sont morts.

— Pourquoi dites-vous d'autres ? Vous ne m'avez accusé que de deux assassinats ! Les deux frères...

— N'oubliez pas le chien Tom, qui s'était attaché au commandant et qui a sûrement trouvé l'endroit où vous aviez caché le corps. Vous l'avez assommé et frappé à coups de fourche avant d'aller jeter la charogne avec un survêtement au bord de l'étang pour brouiller les pistes. Vous êtes bien le seul à Saint-Rémy qui soit capable de nager sous l'eau comme l'inconnu qu'a vu Suzanne Pistoulet. Quant au docteur, votre mobile était du même ordre. Sa chambre donne sur l'arrière de la Grande Maison, sa fenêtre a vue sur le pigeonnier. De là-haut il a observé vos allées et venues à l'entrée de cette tour, où vous aviez sûrement caché votre première victime. Il a voulu vous surprendre mais c'est vous qui avez gagné ; vous l'avez abattu sur place, et l'avez transporté dans sa voiture jusqu'à la descente de la gare de Villeneuve où vous avez simulé un accident. Vous ne pouvez pas le nier, nous avons un témoin que vous avez bousculé en revenant à pied et qui vous a parfaitement décrit.

Durant toute la tirade du gendarme, dans la cour qu'obscurcissait le passage d'un nuage, des « oh » et des « ah », murmurés ou clamés, avaient marqué l'intérêt passionné du chœur. Le Canaque lui-même avait écouté la démonstration de Combes avec des mimiques qui voulaient faire croire qu'il entendait une histoire où il n'avait point part. Pourtant, par deux fois, son découragement fut perceptible ; il ne pouvait prétendre être mauvais nageur, lui qui avait imprudemment joué l'écumeur de plage depuis un mois, et l'annonce de l'existence d'un témoin l'accablait. Il secoua la tête, quand l'adjudant se tut. Ses épaules parurent fléchir d'un coup. « Il abandonne », se dit le procureur, impressionné par la prestation de son enquêteur. Berthier pensait de même ; seul le chef Vialatte redoubla d'attention ; il déboucla l'étui de son arme, et mit la main sur la crosse de son pistolet. D'expérience, il croyait qu'un coupable confondu est plus dangereux dans ses réactions défensives qu'un coupable présumé. Ce Kakou, dont l'adjudant venait de démonter toutes les manigances, n'allait sûrement pas se laisser faire sans rien tenter.

Le Canaque n'avait pourtant pas l'air agressif quand il fixa Combes avec un demi-sourire penaud.

— Vous croyez que vous avez tout compris, hein ? mon adjudant ! Je dois reconnaître que vous avez beaucoup réfléchi au problème. C'est vrai que c'est moi qui ai porté le cadavre du chien et les frusques de l'autre côté de l'eau. C'est vrai aussi que j'ai jeté le corps du toubib sur la route de la gare et saboté sa voiture. C'est à peu près tout ce que j'ai fait de mal. Même si vous ne me croyez pas.

— Et le meurtre du commandant ? Et Juliette ?

— La fille n'a rien, vous le savez bien. Elle a avalé juste de quoi dormir quarante-huit heures. Elle croyait se suicider ; je lui ai dit que j'allais devoir la laisser là en foutant le camp. Quant à mon malade, vous avez bien deviné. Vous le trouverez en haut du pigeonnier, avec les oiseaux.

— Nous avons fouillé la tour, rétorqua Berthier, furieux. Il n'y avait rien, vous mentez !

— Vous avez seulement retourné le bois et les vieux cageots en bas du pigeonnier. Vous n'êtes pas montés jusqu'au toit. J'ai dressé une échelle là-dedans au début de la soirée. Vous pourrez grimper pour y aller voir et boucler votre dossier.

L'exaltation des aveux avait transformé l'infirmier. Dressé dans la lumière des phares, statue de bronze, il grimaçait avec l'air d'un gamin en train de désobéir. Il était à la fois outré de s'être fait prendre et sombrement flatté d'être devenu la vedette de la soirée. Un démon inquiétant et fragile. Pourquoi diable Combes pensa-t-il une fois encore à ses maquisards de la montagne tonkinoise ?

— Allons, Kakou, dit-il doucement, il est temps d'en finir. Donne-moi ton arme et suis-nous sans discuter.

Peut-être le tutoiement qui lui était venu naturellement écorcha-t-il l'oreille orgueilleuse du Canaque. Peut-être celui-ci eut-il soudain peur d'être livré à ces villageois qui criaient maintenant leur colère. Ils avaient suivi les répliques des acteurs avec passion, avançant de quelques pas à chaque révélation. Ils se tassaient juste derrière cette voiture aux phares aveuglants. Kakou sentait leur haine le brûler. Il eut un sursaut visible de rage, feula, mâchoires grandes ouvertes, et leva à demi le bras droit.

Deux coups de feu se confondirent presque, au point que bien peu de spectateurs, à part Combes et Berthier, purent comprendre que le pistolet du chef Vialatte avait tiré le premier. L'infirmier n'avait appuyé sur la détente que par réflexe, quand la balle du gendarme l'avait cueilli en plein crâne.

— Nom de nom, sacra Vialatte, j'ai cru qu'il allait te tuer !

Un silence abyssal était tombé sur le chœur. Personne n'avait crié. Personne ne s'était évanoui. Ces chasseurs, femmes et enfants de chasseurs ne s'émouvaient pas en entendant tirer une arme à feu. Mais cette fois, ils avaient failli être le gibier. Le tir à l'homme n'était pas un sport pratiqué dans leur petite province.

— Joli coup, apprécia chaleureusement monsieur Lespart. Sans vous cet animal allait certainement tuer quelqu'un.

Il tapa sur l'épaule du chef, réserve officielle envolée dans ce paroxysme de violence, inhabituelle pour un homme de cabinet. Vialatte baissait la tête, insensible aux félicitations. Il contemplait son arme et la main qui la tenait en tremblant, sans parvenir à avaler la boule qu'il avait dans la gorge. C'était la première fois de sa carrière qu'il tuait un homme.

Sitôt les coups de feu tirés, Combes s'était jeté vers le pied de la tour. Evitant le corps du Canaque en train de s'affaisser, il passa la tête par la porte entrouverte. Il faisait un noir d'encre dans le rez-de-chaussée du pigeonnier. Il sentit, quelques secondes durant l'odeur de paille pourrie, de fiente d'oiseaux et d'humidité mêlées. Là-haut, sous le toit, quelques roucoulements disaient que les bisets au nid avaient été dérangés par le vacarme.

Il referma la porte soigneusement et se retourna dans la lumière des phares.

— Vialatte, dit-il de sa voix de commandement, vous organisez une garde devant cette porte. Toute la nuit. Nous attendrons le jour pour aller fouiller cet antre une deuxième fois. Et renvoyez tous ces gens chez eux. De force si nécessaire. Il n'y a plus rien à voir.

Il n'avait pas mis dans ses phrases la moindre nuance de remerciement. Il en voulait à son adjoint d'avoir perdu son sang-froid. Il ne le chargerait pas dans son rapport, puisque le procureur lui-même lui tressait des couronnes, mais il était totalement persuadé que le sergent Kakou n'avait pas eu l'intention de lui tirer dessus. Il contempla à ses pieds le cadavre du Canaque. Allongé dans les tiges de roses trémières qu'il avait entraînées dans sa chute, il avait l'air d'une statue de pierre noire. La statue d'un dieu sauvage tombée de la muraille d'un temple au fond de la jungle.

24

— Pourquoi voulez-vous attendre demain matin pour aller en haut du pigeonnier ? Nous pourrions très bien monter cette nuit même avec quelques lampes, dit le procureur, qui n'avait pas l'habitude de passer des nuits blanches sur une enquête.

— Soyez rassuré, dit Combes. Nous allons en effet monter à cette échelle dans quelques minutes. J'ai seulement voulu éloigner toute cette foule en déclarant à voix haute que nous n'irions fouiller ce galetas qu'au jour.

Les deux hommes étaient à présent revenus dans le salon de La Giberne. Le notaire et sa femme étaient là aussi, silencieux et désœuvrés, maintenant que le docteur Garbès était parti vers l'hôpital de Villefranche avec une ambulance emportant Juliette Pistoulet et son père. Le chef Hartman avait fait charger le corps du Canaque et avait rejoint sa brigade, à Villeneuve. Les hommes de Vialatte avaient fait évacuer la cour. Sans grande difficulté ; les habitants de Saint-Rémy, saoulés d'émotions fortes pour la soirée, ne désiraient rien plus que rentrer chez eux. Sans doute discuteraient-ils longtemps de ce qu'ils avaient vu et entendu. Peut-être quelques-uns d'entre eux auraient-ils du mal à s'endormir. Mais du moins ils laissaient place nette. Seul Loupiac, le journaliste, avait fait mine de rester dans les jambes des gendarmes. L'adjudant s'en était débarrassé en promettant, quand il viendrait le lendemain vers onze heures à la gendarmerie de Villefranche, de lui donner les derniers détails.

— Comment personne d'entre nous, ou personne du village, n'a-t-il vu ou soupçonné ce qui se passait ? dit pensivement Isabelle Delgayroux.

— Il y a quelques raisons à cet aveuglement, madame, répondit Combes. D'abord, le terrain de parcours du Canaque, du pavillon au pigeonnier, est à l'écart des vues. Deuxièmement, il a pris soin d'éviter de circuler en plein jour ; la nuit de l'assassinat du docteur, il a hissé le corps directement d'ici jusqu'à la nationale, au bord de laquelle votre beau-frère avait lui-même arrêté sa voiture, en venant se livrer à ses observations qu'il croyait discrètes. N'oubliez pas qu'il avait fait semblant de coucher dans son cabinet à Villeneuve. Troisièmement, aucun villageois ne voulait tout simplement « voir » le sergent-infirmier. Son allure, la couleur de sa peau, cette espèce de morgue qu'il affichait, tout en faisait pour eux « l'étranger ». L'intolérance se traduit parfois en chargeant celui qui est différent de tous les péchés, mais parfois aussi en l'ignorant, comme s'il n'existait pas.

Justin Delgayroux ne paraissait guère intéressé par cette analyse sociologique. Les soupçons dont il faisait encore l'objet quelques heures plus tôt avaient laissé des traces. Il se demandait quelle était sa part de culpabilité dans cette succession de drames et se sentait prêt à tout faire pour expier sa faute, si faute il y avait.

— Quand vous monterez au pigeonnier, dit-il, j'aimerais vous accompagner. Je dois bien au souvenir d'Arnaud d'être présent quand on trouvera son corps.

— Ça ne serait pas prudent, contesta l'adjudant. Vous n'êtes certainement pas entraîné à grimper dix mètres d'une échelle aussi raide.

— Autrefois, sourit tristement le notaire, je veux dire quand j'étais adolescent, un peu après la naissance d'Arnaud, j'allais passer là-haut des après-midi entiers. A lire, ou à regarder le paysage. C'était assez confortable, alors. Par la trappe de l'échelle on entrait dans une loggia parquetée, éclairée par de grands créneaux au ras du toit, grillagés pour empêcher les pigeons d'entrer. Plus tard, j'y ai emmené mes frères, qui aimaient cette retraite autant que moi. C'est étrange que par la seule volonté d'un étranger, comme vous l'appelez, ce pauvre Arnaud dorme dans une de ses cachettes préférées.

— Vous auriez dû me raconter ces souvenirs il y a un mois, maître. Peut-être les choses eussent-elles moins mal tourné.

— N'y allez pas, Justin, pria Isabelle. Ne vous torturez pas pour rien. Vous n'avez aucune dette à l'égard de votre frère. Moi seule...

Combes s'énerva de ces accès d'auto-accusation. Encore un peu et le mari et la femme allaient se prétendre coupables d'avoir supprimé l'invalide.

— Soit, décida-t-il. Vous pouvez venir tous les deux. Mais j'exige que vous restiez en bas de l'échelle, jusqu'à ce que nous ayons fini ce que nous avons à faire là-haut. Allons-y, maintenant.

Ils se glissèrent tous quatre dans la cour silencieuse, où les attendaient Vialatte, Berthier et Jégou, tous trois munis d'une lampe-tempête.

La lune avait disparu derrière la crête de la route nationale. Derrière ses trois lumignons, dont la lumière dansait sur les graviers sans éclairer les visages, la procession se dirigea vers la tour obscure.

Quand ils arrivèrent à la porte de bois sur le seuil de laquelle une flaque de sang commençait à sécher, Combes murmura un dernier ordre :

— Vialatte, vous resterez en bas avec monsieur et madame Delgayroux. Je n'ai pas besoin de votre arme là-haut.

Il poussa le vantail sans attendre la réaction de son adjoint, auquel il n'arrivait pas à pardonner d'avoir abattu le Canaque.

L'odeur de fiente et de décomposition végétale prenait à la gorge. Elle semblait même de plus en plus épaisse à mesure que les quatre hommes se hissaient sur la large échelle de bois. Ils montaient lentement, les deux gendarmes porteurs de lampes, Jégou en tête devant l'adjudant, Berthier en queue derrière le procureur, n'ayant qu'un bras pour assurer leurs prises. Peut-être était-ce une imprudence de monter tous ensemble. Combes, rassuré par l'épaisseur des montants, avait pourtant décidé de hâter le mouvement et Lespart, pressé d'en finir, n'avait pas élevé d'objections au départ. Il le regrettait quelques mètres plus haut, quand le poids de la charge fit balancer régulièrement l'engin. Heureusement, quand il voulut regarder vers le sol par-dessus son épaule, la lumière de la lampe brandie sous ses pieds par Berthier l'aveugla, lui évitant le vertige.

Têtes levées, le chef Vialatte et les Delgayroux suivaient l'escalade. Peu à peu l'éclairage des lampes-tempête faisait apparaître de larges pans de murs de pierre d'un gris sombre que dorait à peine la lumière. Vu d'en bas, on eût dit un puits qui se fermait sur la surface noire du bois de la loggia et sur l'architecture de la charpente.

Quand les grimpeurs arrivèrent à quelques échelons du sommet, la palpitation bruyante d'un envol et une cacophonie de roucoulements indiquèrent que les pigeons réveillés et mécontents ne tarderaient pas à quitter leurs nids.

Grande ouverte sur l'obscurité, la trappe s'offrait à portée de la main de Jégou.

— Allez, foncez, commanda Combes, d'une voix assez forte pour couvrir le tumulte causé par les oiseaux.

Au moment où le gendarme jaillit sur le parquet, suivi dans la seconde par son chef, trois accords de musique sonnèrent solennellement sous la voûte d'ardoises, suivis d'un écho presque dissonant. On eût dit une attaque d'orgues dans une cathédrale. Monsieur Lespart arrivait à son tour au sommet. Les trois appels d'orchestre retentirent encore, à peine affaiblis, avant de céder la place à de longues notes tenues, se succédant comme les marches d'un escalier majestueux.

— La musique des morts, expliqua Combes au procureur.

— Mais non ! C'est la musique la plus belle qui soit. *Ainsi parlait Zarathoustra*, Richard Strauss, s'énerva une voix venue d'un coin d'ombre.

C'était une voix étrange, essoufflée et grinçante, à la fois quasi mécanique et immatérielle. Une voix de fantôme agressif.

Jégou et Berthier levèrent ensemble leur lampe à bout de bras.

— Je vous présente le commandant Arnaud Delgayroux, dit Combes sans paraître autrement surpris.

A demi cachée par une table sur laquelle trônait un phonographe à manivelle et par le dossier d'un fauteuil Voltaire recouvert d'un velours crotté et usé jusqu'à la corde, une silhouette était assise sur un lit de camp ; la literie était tirée au cordeau comme celle d'une recrue. Mal coupés et gris de crasse, les cheveux encadraient un visage de gargouille. Sans doute avait-il autrefois dégagé un magnétisme viril mais il était maintenant l'image même d'un diable ricanant, aux rides profondes. On n'y remarquait au premier choc qu'une orbite martyrisée, sans paupières, béant sur l'absence de son œil. De l'autre côté du nez, fin comme un bec d'oiseau de proie, un sourcil ébouriffé soulignait la brillance anormale de l'œil restant, écarquillé sur l'incendie qui ravageait un cerveau malade.

Quand l'homme se releva, les autres virent d'abord qu'il était vêtu d'un pantalon de coutil bleu et d'un tricot dont la manche droite, pliée au coude, était attachée par une simple épingle à nourrice. Puis ils distinguèrent, à n'en plus pouvoir décrocher le regard, la cicatrice rouge et boursouflée qui barrait la gorge nue, de la pomme d'Adam jusqu'au lobe de l'oreille gauche.

— Arrêtez donc ce phono, dit Combes froidement. Votre mise en scène est terminée.

— Je le croyais... je croyais qu'il était mort, balbutia Lespart, horrifié par l'apparition de ce spectre.

— Qui est ce monsieur ? couina Delgayroux.

— Je vous ai amené monsieur Lespart, procureur de la République à Villefranche, qui est chargé de l'affaire de votre disparition et de l'assassinat de votre frère Bernard.

Ce nom n'eut pas l'air d'émouvoir le ressuscité.

— Pardonnez-moi de rester assis, grinça-t-il, je me sens un peu fatigué. Voilà plusieurs jours que Kakou ne m'a pas donné les médicaments que je dois prendre. Qu'avez-vous fait de ce garçon ? J'y tiens. Il m'est très dévoué.

— Nous l'avons tué tout à l'heure, dit froidement l'adjudant. Alors que sa seule faute était justement de vous avoir obéi.

Cette fois le mutilé parut atteint. Pendant un instant, la démence qui faisait flamber son œil s'éteignit pour laisser place à un chagrin compréhensible.

— C'était donc ça, les coups de feu en bas, il y a deux heures ! Pourquoi avez-vous fait ça, Combes, puisque vous saviez déjà que j'étais le seul coupable ? Vous n'êtes tous que des assassins !

— Vous êtes mal placé pour prononcer ce mot-là, cracha le gendarme.

— Votre infirmier allait tirer sur l'adjudant, dit en même temps le procureur. Et je ne suis pas là pour pleurer sur un criminel. Je voudrais savoir comment il se fait que vous soyez ici, bien vivant.

La voix se fit encore plus essoufflée.

— Demandez donc à votre limier en chef, ironisa-t-elle. Il a tout compris, apparemment.

Lespart tourna la tête vers Combes, qui fit effort pour rester impassible, alors qu'il avait envie de sauter à la tête de ce fou qui jouait les interlocuteurs désabusés.

— Je crois avoir enfin deviné tout ce qui est passé par la tête du commandant, dit-il lentement. La haine qu'il porte à sa famille depuis de longues années l'a poussé peu à peu à chercher comment il pouvait nuire à son frère aîné le notaire, qui, d'après lui, lui avait volé sa femme et son héritage. Accessoirement à sa mère, qui l'a fait bâtard et a osé l'écrire aux amis de la famille. Les tortures que lui ont infligées les fellaghas en Algérie puis son sauvetage in extremis ont causé chez lui un choc psychologique qui a exacerbé ce vieux sentiment de haine. Je ne suis pas technicien mais je crois que c'est ce qu'on appelle de la paranoïa. Une maladie mentale qui pousse à la vengeance. D'après ce que j'ai lu sur ce sujet, c'est une psychose chronique « caractérisée par l'organisation logique de thèmes délirants, persécution le plus souvent ».

Furieux sur son lit, le commandant avait oublié sa

fatigue ; il se mit debout presque sans effort, tremblant de rage :

— Vous vous oubliez, adjudant, siffla-t-il. Mes épreuves m'ont endurci. Pas rendu fou. Je vous rappelle que vous me devez le respect.

Combes fit deux pas, jusque sous le nez du malade. Il avait horreur de ce qu'il allait dire, qui déchirait brutalement ce en quoi il croyait depuis qu'il servait sous l'uniforme, sa foi en la hiérarchie, son besoin de reconnaître des modèles, de courage, d'honnêteté, de vertu. Dans ses souvenirs de guerre, le commandant Arnaud Delgayroux, rencontré une seule fois en Indochine, avait été un de ces modèles. Ce qui lui était arrivé était injuste, ce qu'il était devenu remplissait le cœur d'amertume. Mais le crime restait le crime : celui-ci en particulier ne méritait pas le silence.

— C'est justement parce que vous avez cru en mon respect que vous m'avez envoyé vos deux lettres, l'appel au secours et la dénonciation de votre frère Justin. Vous vous attendiez sans doute à ce que je vous croie sur parole et à ce que j'arrête cet innocent.

— C'est ce que vous auriez dû faire, oui.

— Sans même avoir trouvé votre cadavre ? Je suis étonné que vous ne m'en ayez pas fourni un autre, en le mutilant au besoin pour qu'il vous ressemblât. Vous auriez pu également vous suicider.

Le commandant parut fort amusé par la suggestion. Son rire sinistre le fit tousser, quelques longues secondes durant. Quand il réussit à arrêter sa quinte, sa voix s'était encore affaiblie.

— Figurez-vous que je tenais à vivre assez pour constater la réussite de mon plan.

— Vous n'aviez rien de plus à espérer, c'est vrai. Même si vous m'aviez totalement trompé, même si Justin avait été arrêté et condamné, vous ne pouviez plus reparaître. Vous parlez d'un succès !

— D'un triomphe, souffla le fou. Après ce qu'il

m'a fait, ruiner la vie de mon ordure de demi-frère était l'espoir, le but de toute mon existence. Qu'importait ce qui se passerait ensuite.

Un instant, l'œil du démon se voila ; il parut sourire, comme s'il vivait réellement la victoire qui lui avait échappé.

— J'imagine que mon inaction vous a déçu, reprit Combes, et que l'arrivée de Bernard dans cette tour vous a considérablement contrarié.

Le commandant parut peiner pour retrouver un semblant de voix. Il porta la main gauche à sa gorge, comme le lui avait appris l'orthophoniste qui l'avait rééduqué.

— Kakou m'avait aidé à descendre pour me dégourdir les jambes quand ce crétin de Bernard nous a surpris, dit-il enfin. Figurez-vous qu'il voulait me convaincre de réapparaître, d'abandonner ce qu'il osait appeler un projet de fou. Il se disait prêt à me dénoncer. Je n'avais pas le choix. J'ai mis la main sur une vieille fourche qui traînait et je l'ai fait taire.

— En lui plantant votre outil dans la poitrine. C'était radical. Dommage pour vous que vous n'ayez pas de fourche ce soir à portée de la main, et que nous soyons quatre.

Le regard que jeta à Combes l'œil unique était presque aussi meurtrier que le fer qui avait tué le docteur.

Monsieur Lespart, qui avait écouté avec un intérêt passionné le duel entre les anciens compagnons d'armes, estima soudainement que la mesure était comble. Il ne rencontrait d'habitude les prévenus qu'au tribunal, après qu'une instruction eut été bouclée, dans une ambiance quasi civilisée, suivant un rite bien huilé. Cette nuit, dans l'étrangeté de cet éclairage de fortune, en haut de cette tour romanesque, il était un des acteurs d'un drame noir, à côté d'un assassin à la mentalité primitive. Sans doute était-ce pour lui un trop brutal changement. Il se sentait au cœur un besoin de violence qui l'effrayait, plus encore que les scènes évoquées par Combes et le commandant.

— Monsieur Delgayroux, dit-il en se redressant, vous continuerez votre confession chez le juge d'instruction. Combes, procédez à l'arrestation.

Jégou et Berthier, d'un même geste, posèrent leur lampe sur la table, à côté du phonographe muet, et avancèrent d'un pas, prêts à aider leur adjudant. Ni l'un ni l'autre ne doutait que le criminel se livrât à quelque tentative de nuire encore. Le rictus qui tordait ses lèvres minces et la flambée presque joyeuse de son demi-regard annonçaient une dernière folie. Combes tempéra d'un geste la hâte de ses gendarmes. Peut-être était-ce une dernière trace de l'estime qu'il avait portée à l'ancien commandant.

— Pourrez-vous descendre seul, monsieur? demanda-t-il avec une déférence glacée. L'échelle m'a paru particulièrement raide.

— Ne vous en faites pas, grinça la voix étrange. J'ai eu plus d'un mois pour m'entraîner à cet exercice. J'ai encore mes deux jambes et mon bras gauche est solide. Il suffira qu'il y ait quelqu'un en bas pour me recevoir.

L'adjudant se permit un rire ironiquement cruel à l'idée du comité de réception qui accueillerait le retour sur terre du disparu.

— Ne vous en faites pas. Il y a quelqu'un. Votre frère Justin, votre Isabelle et mon adjoint. Méfiez-vous. Celui-ci a la gâchette facile, c'est lui qui a tué votre infirmier.

— Kakou était peut-être dévoué, mais c'était un imbécile. Il n'aurait jamais dû se faire prendre, dit le commandant en se levant et en s'approchant de la trappe.

Il se pencha au-dessus du trou et fit un effort manifeste pour donner du volume à sa voix. La haute nef vide, comme une caisse de résonance, amplifia son appel :

— Etes-vous là tous les deux, mes chéris ? J'arrive !

Aucun des quatre hommes qui l'entouraient n'eut le temps de faire un geste. Arnaud Delgayroux, ignorant l'échelle, sauta comme un parachutiste droit au milieu de la trappe. Il ne faut pas beaucoup de secondes de chute libre pour plonger de dix mètres. Combes et les siens, qui n'avaient pas encore compris ce qui arrivait, entendirent presque juxtaposés le « NON » hurlé par une voix de femme et le choc sourd du corps qui arrivait au sol.

Ils s'agenouillèrent autour de l'ouverture de ce puits mortel. Tout au fond, la lampe de Vialatte éclairait la silhouette étalée du manchot, ange noir qui ne sortirait plus jamais de son enfer.

Monsieur Lespart, appuyé des deux mains sur la margelle, tremblait un peu.

— Voyez-vous, dit-il à voix basse à l'oreille de Combes, je regrette qu'il se soit jeté dans le vide.

L'adjudant, muet, n'avait pas l'air de le comprendre. Il ajouta :

— Oui, je regrette vraiment de n'être qu'un magistrat. Cette nuit, j'aurais voulu être un bourreau. J'aurais voulu pousser moi-même ce sauvage.

— Ce n'était pas un sauvage, dit Combes avec tristesse, c'était un homme que le désespoir avait rendu fou.

Au pied de l'échelle, Justin et Isabelle Delgayroux étaient eux aussi à genoux. En larmes contre le corps de celui dont ils avaient inconsciemment cristallisé la seule raison de vivre. Et de mourir.

Ce roman vous a plu,
vous aimerez aussi…

L'énigme de Ravejouls

1960. A quelques kilomètres d'une sous-préfecture aveyronnaise, au bord d'une rivière ombragée et chantante, vivent deux familles paysannes. Leurs maisons sont proches, mais leurs rapports sont plus distants. C'est que les Martiel doivent s'accommoder des deux drames qui ont gâté leur existence : la bâtardise du fils aîné, le mongolisme du second. Par comparaison, la vie des Falgoux, leurs voisins, paraît heureuse, jusqu'au jour où leur fille de dix-sept ans est attaquée et tuée au bord de l'eau.

Dès lors, la tolérance et la compréhension s'effacent devant les passions et le désir de vengeance. Sauvage comme un animal abandonné, primitif de langage et de comportement, Gaston Martiel, le mongolien surnommé Attila, paraîtra un coupable évident à tous. Il faudra aux gendarmes enquêteurs beaucoup de force d'âme pour découvrir le véritable assassin. C'est pourtant dans le cercle étroit des deux familles rassemblées par la haine qu'éclatera finalement la vérité.

Un sombre été à Chaluzac

1944. Trois semaines après la libération de Villefranche-de-Rouergue, un petit garçon, Jacquot, réfugié chez ses grands-parents à la campagne, découvre le chef du maquis F.T.P., le «colonel» Pedros, assassiné dans un ruisseau. Le chef de la gendarmerie de Villeneuve-d'Aveyron et le sous-préfet se lancent dans une enquête difficile.

Pedros s'est fait beaucoup d'ennemis : la famille Dulieu, au château de Chaluzac, pillé par le maquisard; Augustin et Fernande Roumegas, fermiers, dont il a poursuivi la fille, Yvonne, de ses assiduités parfois violentes; Julien Fallade, industriel en charcuterie, spolié par le mort.

Le chef Martellat voit sa recherche se compliquer quand il se heurte à l'enquête parallèle du fils Dulieu et au jeune Jacquot, qui camoufle des preuves. Mais, quand trois disparitions se produisent, Martellat se révèle l'homme de la situation, et la vérité sur l'assassinat de Pedros éclatera.

DANS LA MÊME COLLECTION

Jean Anglade
Un parrain de cendre
Le Jardin de Mercure
Y a pas d'bon Dieu
La Soupe à la fourchette
Un lit d'aubépine
La Bête et le Bon Dieu (essai)
La Maîtresse au piquet
Le Saintier
Le Grillon vert
Sylvie Anne
Mélie de Sept-Vents
Le Secret des chênes
Jean-Jacques Antier
Autant en apporte la mer
La Croisade des Innocents
Marie-Paul Armand
La Poussière des corons
Le Vent de la haine
Le Pain rouge
La Courée
tome I *La Courée*
tome II *Louise*
tome III *Benoît*
La Maîtresse d'école
La Cense aux alouettes
Nouvelles du Nord
Edouard Axelrad
Au fil du fleuve
Erwan Bergot
Les Marches vers la gloire
Sud lointain
tome I *Le Courrier de Saigon*
tome II *La Rivière des parfums*
tome III *Le Maître de Bao-Tan*
Rendez-vous à Vera-Cruz
Mourir au Laos
Annie Bruel
La Colline des contrebandiers
Le Mas des oliviers
Les Géants de pierre
Michel Caffier
Le Hameau des mirabelliers
Jean-Pierre Chabrol
La Banquise
Alice Collignon
Les Jonchères
Didier Cornaille
Les Labours d'hiver
Les Terres abandonnées
La Croix de Fourche
Etrangers à la terre
L'Héritage de Ludovic Grollier
Georges Coulonges
Les Terres gelées
La Fête des écoles
La Madelon de l'an 40
L'Enfant sous les étoiles
Les Flammes de la liberté
Ma communale avait raison
Les blés deviennent paille
Yves Courrière
Les Aubarède
Anne Courtillé
Les Dames de Clermont
Florine
Dieu le veult
Les Messieurs de Clermont
Alain Dubos
Les Seigneurs de la haute lande
La Palombe noire
La Sève et la Cendre
Alain Gandy
L'Escadron
Adieu capitaine
Quand la Légion écrivait sa légende
Un sombre été à Chaluzac
L'Enigme de Ravejouls
Michel Hérubel
La Maison Gelder
La Falaise bleue
Denis Humbert
La Malvialle
Un si joli village
La Rouvraie
La Dent du loup
L'Arbre à poules
Michel Jeury
Au cabaret des oiseaux
Louis-Jacques Liandier
Les Gens de Bois-sur-Lyre
Jean Markale
Notre-Dame de la nuit
Dominique Marny
A l'ombre des amandiers
Henry Noullet
Sur la piste de Samrang
La Falourde
La Destalounade

Michel Peyramaure
Les Tambours sauvages
Pacifique Sud
Louisiana
Frédéric Pons
Les Troupeaux du diable
Claude Riffaud
Mékong Palace
La Crique de l'or
Rêve de Siam
Jean Rosset
Vir'vent
Les Derniers Porteurs de terre
Annie Sanerot-Degroote
La Kermesse du diable
Le Cœur en Flandre
L'Oubliée de Salperwick
Jean Siccardi
Le Bois des Malines
Jean-Claude Sordelli
La Dernière Saison
Jean-Michel Thibaux
La Bastide blanche
Le Secret de Magali
La Fille de la garrigue
Le Roman de Cléopâtre
La Colère du mistral
Violaine Vanoyeke
Les Schuller
Le Serment des quatre rivières
Brigitte Varel
Un village pourtant si tranquille
Les Yeux de Manon
Claude Veillot
et Jean-Michel Thibaux
L'enfant qui venait du froid
Colette Vlérick
La Fille du goémonier
Le Brodeur de Pont-l'Abbé

Cet ouvrage a été composé
*par l'***Imprimerie Bussière**
et imprimé sur presse Cameron
dans les ateliers de
Bussière Camedan Imprimeries
à Saint-Amand-Montrond (Cher)
en mars 1999

N° d'édition : 6736. — N° d'impression : 352-990509/1.
Dépôt légal : mars 1999.
Imprimé en France